A CASA DO RIO

Carlos Donato

CARLOS DONATO

Índice

PRÓLOGO

CAPTURA

Após vários dias de caçada, aonde todos os homens aptos iam, somente ficando os velhos, crianças e as mulheres, finalmente estávamos de volta. Ao longe já podíamos avistar a fumaça, no entanto intui que algo estava diferente, pois havia mais fumaça que o normal daquela hora. Sem nenhum comando e largando a nossa presa, corremos em direção à aldeia. Na selva africana não existe nada pior que o fogo, especialmente no período das secas, ainda mais se atingia nossas casas.

Chegando perto, notei que algumas palhoças estavam pegando fogo, mas por incrível que pareça não havia o rebuliço e correria para apagar as chamas, algo tão normal de acontecer nestes casos. Somente ao nos aproximar é que notamos o verdadeiro motivo para tamanha apatia.

Os corpos dos anciões estavam espalhados por todo lado, alguns mortos a flechadas e outros com um buraco estranho no corpo. Todo o nosso conselho se encontrava caído, morto.

Aturdido comecei a gritar por minha esposa e filhos, seguido por todo o resto.

Recebendo como resposta o silêncio sepulcral e o grasnar do bando de abutres que se acumulavam em volta.

Tentando entender o acontecido, comecei a vasculhar o local até que o nosso melhor rastreador apontou para umas marcas estranhas no solo, rastros nunca vistos, misturados com marcas de pés andando em fila indiana.

Com um grito de guerra e ódio no coração, partimos seguindo a pista.

Assim que chegamos à orla da floresta, perto da praia, vimos nossa gente sentada e agrupada no chão, uns homens de cor diferente, com o corpo reluzente e segurando um bicho parecido com um leão, mas um pouco menor e sem a juba (mais tarde descobri ser um cão da raça fila), a vigiar o grupo.

Havia uma canoa enorme com seres humanos dentro do mar. Nunca havia visto nada igual. Saindo do nosso torpor, disparamos com gritos e urros em direção daquelas pessoas, brandindo nossas lanças e nossos escudos. Quando inesperadamente ouvimos um trovão e ao meu lado um dos nossos caiu com um buraco ensanguentado no peito. Depois de solto pelo homem, o animal misterioso deu um urro e atacou dilacerando e matando outro guerreiro. Logo ouvimos outro trovão e mais um caiu com a cabeça arrebentada.

Paramos atônitos! De longe pude ver que alguns carregavam uma vara comprida na mão. Como para demonstrar o poderio, um deles acionou a vara e dela saiu o mesmo trovão tendo mais um morto ao nosso lado. Ao mesmo tempo, com um assobio, o animal cessava seu ataque correndo para o lado do homem que o chamara.

Neste ínterim, um dialeto fez-se ouvir por cima da balbúrdia que tomou conta da areia. E dei-me conta de nossos inimigos mortais, a tribo da praia, estava metida nisso. A voz imperiosa nos mandava sentar e ficar quietos, pois os próximos a morrerem seriam nossas mulheres e filhos.

Sem escolha, nos sentamos e aguardamos enquanto éramos acorrentados e jogados no meio do nosso povo.

Da canoa maior saiu uma menor e logo aportou a praia onde fomos um por um colocados dentro e após diversas viagens a praia ficou deserta.

Tão logo desembarcamos na canoa maior, um homem, com vestimenta preta, nos espargia água e murmurava algo.

Com o tempo soube que naquele dia eu fui batizado e recebi o meu nome em português, que levaria para o resto de meus dias. Neste dia morria Essiem e nascia Joaquim.

Não fazia ideia que aquele seria meu último dia na mãe África, e que meu calvário mal havia começado.

A VIAGEM

"ERA UM SONHO DANTESCO... O TOMBADILHO
QUE DAS LUZERNAS AVERMELHA O BRILHO,
EM SANGUE A SE BANHAR.
TINIR DE FERROS... ESTALAR DE AÇOITE...
LEGIÕES DE HOMENS NEGROS COMO A NOITE,
HORRENDOS A DANÇAR".
(ALVES, CASTRO. 1868 – PÁG. 88)

Embarcamos com o estalar do chicote, música funesta que nos acompanharia pelo resto de nossas vidas. Chorei a morte de companheiros. Mas mal sabia que deveria chorar pelos vivos. Fomos empurrados escada a baixo para o porão, e um cheiro forte, misto de água estagnada, suor, urina e fezes invadiu minhas narinas. No chão já havia diversos negros acorrentados, e pude ver que aquele era somente o primeiro pavimento, de três que existiam.

Fui aprisionado por correntes junto ao mastro central. Colocaram-me deitado como os demais, entre as pernas dos dois mais próximos de mim.

Só se via dor e miséria por todo lado. Choro e ranger de dentes, todos se olhavam assustados, sem saber o que seria feito de nós. O chão onde nos acorrentaram era composto de vários furos de modo que o ar, ainda que insalubre, circulasse entre nós, infelizmente como não nos tiravam para fazer nossas necessidades éramos obrigados a fazer ali mesmo, deste modo o desconforto aumentava de sobremaneira, e os mais prejudicados eram os dos andares inferiores.

A embarcação começou a navegar logo e como nós nunca andamos de barco, rapidamente enjoamos, piorando ainda mais a nossa situação.

Um marinheiro descia ao porão uma vez por dia com uma tina de água e uma vasilha com um mingau ralo composto de farinha, arroz, inhame, e às vezes algum feijão. Eu me obrigava a alimentar mesmo que depois passasse mal, incentivando os demais a fazer o mesmo. Decidira, ali, fazer tudo ao meu alcance para viver mais um dia e me vingar.

Muitos de meus companheiros de infortúnio não resistiram. Alguns simplesmente resolveram parar de comer. Morreram outros devido ao calor extremo ou aos maus tratos.

Existia um revezamento de maneira que de tempos em tempos (depois soube que era uma vez por semana) eu subia para o convés, onde nos atiravam água salgada e nos obrigavam a dançar e pular. Todos que podiam ou tinham forças participavam desta dança funesta, era a única ocasião onde as opressoras correntes eram tiradas.

As mortes se sucediam e a cada aviso nosso, um corpo era atirado ao mar. Não antes do Padre falar umas palavras. Encomendando assim a alma do negro.

Em minha alma não existe palavras para descrever tanta dor e sofrimento, como pode um povo dito avançado tratar outro ser humano assim? Nós, africanos, um povo altivo e orgulhoso, livre como o vento da savana, em perfeita comunhão com os animais, nunca matando mais do que podíamos comer. Éramos vergonhosamente tratados. Soçobrados pelo peso da chibata.

Um belo dia, meu pai faleceu. Encontrava-se alojado no andar debaixo, vi carregarem o corpo dele e ouvi quando o atiraram ao mar, neste dia algo em mim também morreu e os da minha tribo que ainda viviam me aclamaram rei.

Ironia do destino. Eu era um rei sem reino, com uma tribo morrendo aos poucos e prisioneira, eu era um rei de nada!

Por mais que recusasse. Os meus conterrâneos estavam sempre a me oferecer os parcos restos chamados de refeição em deferimento a minha suposta posição social perante a tribo. Eu sempre recusando. Até que um dia, uma mulher, ao me ofertar o seu mingau me indagou por que eu não aceitava nunca. Comentei que a minha função como rei era a de prover e ajudar a aldeia e ali eu não conseguia muito isso, além do mais, eu não tinha reino, portanto não me considerava rei. Juntando os atos as minhas palavras, pedi que aquele que desejasse me agradar doasse para as crianças ou as mulheres, pois elas sofriam muito mais os efeitos da fome e da sede.

Deste dia em diante, nada mais me foi oferecido e eu pude finalmente me igualar em dor e sofrimento aos meus.

No local da perna em que a corrente se prendia, surgiram feridas e os marinheiros muitas vezes desciam com baldes de água do mar para jogar nelas. Mandando esfregar através de gestos. Era enorme o desconforto e a dor maior ainda. Tal solução pareceu funcionar e foi melhorando aos poucos.

Um dia ao irmos para o convés para o banho e dança semanal, um dos negros aproveitando a distração de um marinheiro, se atirou da murada, a tripulação correu para ver e ante risos e chacota, apostaram quantas vezes ele afundaria e subiria a tona. Não demorou muito e ele submergiu para nunca mais ser visto.

Findo o espetáculo, o capitão da nau nos prendeu três por vez, um em cada mastro, e nos aplicou cinco chibatadas. Foi a primeira vez que eu apanhava com tal instrumento e infelizmente não seria a última, hoje acredito que o número reduzido de chibatadas foi devido ao medo do comandante da nau perder seu lucro, afinal quanto mais negros vivos, maior era o dinheiro recebido. E cinco chibatadas foi o suficiente para servir de exemplo durante toda viagem.

Alguns dias, dois ou três de nós eram levados para cima para esfregar o convés. E neste dia nós normalmente tomávamos tapas e pontapés por todo o corpo.

Algumas mulheres foram levadas para cima e violentadas por marinheiros bêbados. Mas isso somente aconteceu duas vezes durante o percurso, normalmente o capitão coibia os exageros e contava para isso com a intervenção do Padre, desta maneira o comandante da nau não se indispunha com os marujos, mantendo a ordem e assegurando os lucros.

Com o tempo estimei que nosso número devesse ser perto de trezentos e sessenta escravos. Mas ao chegar o número era bem mais reduzido, apesar dos "esforços do capitão" em nos tratar bem.

O escravo que decidisse fazer greve de fome era agarrado à força e obrigado a comer, tinha sua mão atada às costas, um marinheiro abria sua boca com uma madeira e outro enfiava comida até que a mesma estivesse cheia. Caso ele insistisse em jogar fora, logo vinha um soco em seu estômago. Esta situação se repetia até o mesmo se alimentar.

As nuvens se avolumavam. O dia virou noite, e pela abertura do porão pude ver o sol sumindo aos poucos. Logo o porão foi fechado e a carga amarrada, do convés ouviam-se os passos frenéticos da tripulação terminando os preparativos, logo o navio começou a jogar de um lado para outro. Lá debaixo, horrorizados, ouvia-mos o capitão e o imediato gritando ordens. Cada vez mais o navio sacudia e se agitava, Parecia que o mundo estava acabando. Trovões e raios estalavam por toda parte, o desespero tomou conta de nós. Choro entremeado com vômitos e soluços ecoava por todo lado. O desespero era imenso, todos sabiam que se afundasse aquele seria nosso túmulo.

Quanto tempo se passou, eu não sei, só sei que adormeci como a maioria, de puro cansaço e medo. Despertei assustado. Algo estava errado, será que o navio estava afundando e a tripulação o abandonara, nos deixando pra trás? Ao acordar completamente, pude perceber que na verdade a tempestade amainara e a tripulação, exausta, fora descansar, ficando somente alguns marinheiros no tombadilho.

Amanheceu o dia e com ele o alvoroço da tripulação. Pelo que pude entender estávamos chegando a terra, pois escutávamos ao longe certo barulho de rochedos sendo golpeados pela água. Logo o barco lançou a âncora e se estabilizou, aquietando o marejar tão intenso. Depois de algum tempo, ouvimos um barulho vindo da linha d'água e ouvimos uma voz diferente das usuais.

O barco novamente se locomoveu e logo aportou no cais. Uma gama de odores atingiu-nos nas narinas e logo começamos a sair: primeiro os do andar mais de cima; depois os debaixo. Todos em ordem.

Minhas pernas fraquejaram e caí ao pisar pela primeira vez no cais. Acho que foi devido ao tempo deitado e ao balançar do navio. Mas logo me levantei assustado ao receber uma chibatada nas costas acompanhada por um monte de palavrões.

Pela quantidade de aprisionados reunidos no cais, estimei que aproximadamente uns cento e vinte negros faleceram na viagem e os que sobraram estavam com uma aparência de dar pena: Esquálidos; subnutridos; sujos e maltrapilhos. Com os olhos e a cabeça abaixados, sentindo vergonha de seu estado. Como pode um povo outrora orgulhoso ser reduzido a frangalhos desta maneira. Sem orgulho, sem pátria e desonrado? Como pode um ser humano, dito avançado, tratar outro assim?

A CHEGADA

Fomos levados em fila indiana por entre peixes; uma multidão que abria caminho, nos olhando com nojo e curiosidade; bananas; sacos de gêneros, etc.

Conduzidos até uma casa onde dois senhores nos aguardavam. O capitão da nau entregou o manifesto[1], da carga, onde foi explicado e mostrado o número de mortos, após a contagem e posterior pagamento por um dos homens. Eles nos Conduziram para uma grande sala onde um médico examinou-nos um por um. Separando-nos em quatro grupos, a saber: os homens em boas condições, mulheres e crianças

---

[1] Caro leitor, a partir deste momento, visando uma melhor compreensão do acontecido, a narrativa dá-se com o entendimento da língua e dos modos adquiridos por Joaquim durante os anos no cativeiro, as lembranças são narradas conforme os fatos, na sabedoria amealhada no decorrer dos anos, os diálogos são uma representação aproximada, pois o escravo não entendia a língua da época.

idem; homens em más condições e mulheres e crianças em igual situação.

Em relação aos demais o meu estado não era tão ruim assim. Portanto fiquei no grupo que foi conduzido para uma sala enorme, toda gradeada, cujas paredes e o chão eram de pedra. As mulheres e crianças aptas foram para outro cômodo longe de nossas vistas. Enquanto aos que estavam em más condições nunca mais foram vistos por mim.

Num dos cantos havia um barril de carvalho, que era o nosso banheiro. Deram-nos um trapo de saco de farinha ou de açúcar para vestir-nos e algo sujo e fétido chamado de cobertor. A sala deveria ter uns trinta metros quadrados com o pé direito medindo mais ou menos uns quatro metros e meio. Possuía seis janelas, duas em cada parede, a uns dois metros do chão. De maneira que quem estava dentro somente enxergava o céu. A sala possuía ainda uma abertura no meio por onde entrava o sol. Havia grades em todas as aberturas. Bem como antes da porta, mais ou menos três metros à nossa frente existia uma também que ia do chão até o teto, de uma parede à outra. Transformando a sala num quadrado todo gradeado.

Um negro idoso apareceu trazendo-nos água. Falando o dialeto de um dos presos contou-nos que a cidade se chamava Rio de Janeiro. E que agora nós pertencíamos ao homem que pagara ao Capitão. O outro home que estava junto era o dono da "casa de engorda" local onde nos encontrávamos e destinado a quarentena, pronto restabelecimento e engorda dos negros recém-chegados. Pois o nosso destino era a venda e nada valeríamos magros daquele jeito. Pedi para perguntar por que nos examinaram, e ele disse que o exame era obrigatório, feito por um oficial de saúde cujo dever era evitar a peste, praga e outras mazelas comuns aos negros.

A primeira alimentação que nos foi dada consistia de uma sopa rala, trazida pelo mesmo negro idoso. Ele nos falou que era para acostumar nosso estômago e era composta de arroz e caldo de carne.

Depois da parca refeição, o negro, cujo nome era Pedro, voltou e do lado de fora das grades distribuiu palha para forrarmos o chão. Fiquei parado embaixo da claraboia por um longo tempo olhando as Estrelas, nunca imaginara que algo tão simples pudesse fazer tanta falta, me senti sozinho, isolado, desde aquele dia fatídico na aldeia nunca mais vira minha esposa e filhos. Não fazia ideia se estavam vivos e onde poderiam estar. No dia seguinte perguntei para onde as mulheres e crianças foram levadas. E Pedro, muito solícito, respondeu-me que elas ficavam num outro local, separadas dos homens. Evitando a promiscuidade e os tumultos. Pois um homem com sua família fica violento tentando defendê-los. Durante nossa estadia, Pedro cuidava dos feridos passando um unguento mal cheiroso. Feito a base de banha de porco e ervas. A nossa carne foi curada pelo unguento, entretanto a ferida aberta nos nossos espíritos nunca mais se fechara.

Uma vez por semana o nosso "dono" vinha ver o andamento da quarentena, até que um dia, findo o prazo da "engorda", ele aproximou-se das grades acompanhado pelo oficial da vigilância sanitária que nos examinou novamente. Após verificar que gozávamos de boa saúde, nos liberou para a venda.

Pedro apareceu bem cedo no dia marcado para o nosso leilão. Ele, mais três homens e quatro guardas. Jogaram-nos imediatamente uns pedaços de sabão. Uns trapos e mandando nos esfregar começaram a nos jogar água. Após tomar este banho forçado, a porta da cela foi aberta e conforme nós íamos saindo, os negros nos entregavam óleo e mandavam nos besuntar com eles, para parecermos mais saudáveis e fortes.

Ao sairmos para a luz do dia, uma multidão se aglomerava já no pórtico. Fomos caminhando acorrentados uns aos outros com as pessoas nos olhando como gado indo para matadouro.

Antes da venda se iniciar, ficamos numa antessala, onde os compradores mais abastados passeavam fumando charuto, conversando e bebendo algo. Alguns paravam na nossa frente e examinavam a dentição, o músculo do braço e outras partes nossas. Tínhamos preso no pescoço uma placa com um número e nosso nome gravado. Os homens eram vendidos individualmente e as mulheres e crianças em lotes. Isso se devia ao fato de que os homens rendiam muito mais separados e as mulheres e crianças rendiam mais em lotes.

Passada esta fase, fomos conduzidos à uma praça onde no centro havia um tablado. Subimos um a um; e o próximo só subia depois da venda do antecessor ser concluída.

Quando chegou a minha vez, confesso que subi muito assustado, não estava acostumado àquela situação. Ficar exposto assim, vestido somente com uma tanga no meio de

19

um monte de gente estranha, que falava um dialeto desconhecido, pessoas brancas como a areia da praia. Com roupas pesadas demais para o clima. E como fediam! Um cheiro de ranço, suor e mofo. A maioria possuía os dentes da frente podres ou faltando. Subi meio assustado, meio curioso e muito humilhado. Uma vez lá em cima os lances começaram até que reinou o silêncio e eu desci pelo lado oposto ao que subira. A placa com o nome e número me foi retirada do pescoço tão logo cheguei ao solo. E me colocaram em um local junto com outros três escravos. Dois homens e uma mulher.

De certa feita, fomos conduzidos por cinco estranhos para uma ferraria, onde um homem bem vestido já nos esperava junto com o ferreiro.

Ali tive o primeiro contato com este homem que seria meu Sinhô por muitos e muitos anos.

Fui imobilizado e me forçaram a ajoelhar no chão com a cabeça baixa e de costas para a fornalha. Sem entender o que acontecia, permaneci quieto. Até que sentir uma dor lancinante no alto de minha omoplata direita, seguido por um cheiro característico de carne queimada. Por reflexo, urrei de dor e deixei escapar um pouco de urina na minha roupa.

Virei motivo de chacota pelos homens que ali estavam. Ainda rindo e zombando, fui empurrado em direção à porta. Um dos estranhos me deu vinagre com sal grosso e mandou passar na ferida. Sem saber o que era, Passei, uma nova dor percorreu meu corpo. Cerrei os dentes e não emiti nenhum ruído. Ali, naquele local, jurei que nunca mais ninguém me veria ceder à dor daquela maneira.

Fomos marcados feito gado e agora éramos propriedade da Fazenda Estrela. A partir desta data o Sinhô tinha direito de propriedade, de vida e morte em relação a nós.

Logo começamos a caminhar pela Estrada. Mas não sem antes recebermos um prato de sopa e um pedaço de pão duro. Caminhávamos com as mãos atadas por uma corda, uns nos outros, à retaguarda de uma charrete. Enquanto o Sinhô e o capataz iam cavalgando ao lado da mesma. Os quatros empregados restantes iam dois à frente do veículo e dois atrás da coluna. Esta disposição durou até o cair da tarde e toda vez que alguém fraquejava vinha um açoite com o relho. O caminho se bifurcou bem quando chegou o cair da tarde. A charrete tomou o rumo da direita, enquanto nós tomamos o da esquerda. Não se fez muito tarde e os cavaleiros pararam num campo limpo. Amarraram os cavalos e nos amarraram pelas mãos e pés. Logo fizeram uma fogueira. Não demorou muito e um cheiro de assado começou a chegar as nossas narinas.

Comemos o nosso "mingau de milho" ainda sentindo o cheiro do assado, e o Sinhô mandou nos dar uma dose de cachaça, para podermos descansar e passar a noite. Deitamos amontoados nos preparado para dormir. Sempre sob os olhares de uma sentinela.

A noite estava clara, com o céu Estrelado, Mas meu cansaço pela caminhada era tanto que nem tempo tive para observar as Estrelas, adormeci logo.

Fomos acordados aos pontapés antes do sol raiar pelo capataz, ante os risos dos demais. O mingau frio e endurecido que sobrou do dia anterior foi o nosso desjejum. A um comando nos puseram em marcha. A repetição do primeiro dia tornou-se enfadonha: caminhar, parar no almoço, comer mingau de fubá, parar, comer mingau de fubá, beber cachaça e dormir ao relento. Aquele que diminuía a marcha, relho no lombo!

Esta viagem durou uma semana, os nossos pés já estavam forrados de bolhas até que começamos a avistar ao longe uma linda mansão, com um caminho serpenteante pelo campo até a mesma.

FAZENDA ESTRELA

Ao passar pela porteira, pegava-se um caminho que corria por entre um pequeno bosque de mangueiras e assim que o caminho dobrava para a direita se descortinava um lindo jardim composto em sua maioria por roseiras. A casa tinha dois andares, um luxo para a época e local, com oito janelas em cima e oito em baixo. Todas brancas, com as paredes na cor rosa, o que trazia harmonia ao conjunto.

No andar superior eram localizados os quartos e abaixo na extremidade esquerda bem nos fundos a cozinha. A disposição dos cômodos era seguinte: de trás para frente vinha a cozinha, como dito anteriormente; depois a sala de jantar, a sala de estar e o escritório do Sinhô o escritório ficava na parte frontal da casa, dando de frente para a porteira lá ao longe.

Havia um caminho florido que ladeava a casa levando até um terreiro, neste terreiro ficava o pelourinho, em cima de dois degraus de pedra de granito, bem como a sua volta, para facilitar a lavagem do chão, como bem verificaria. E ainda havia a porta dos fundos da casa, que dava para a cozinha.

Neste pelourinho era que os negros costumavam ser castigados. Como logo pude ver.

Continuando por esta vereda, a mais ou menos há cem metros de distância ficava a senzala, sorrindo para nós como uma caveira branca. Tendo como olhos as duas janelas altas e por boca uma porta dupla, com o pé direito alto. Segui com a vista o caminho e pude avistar um rio, onde a jusante existia um casebre de madeira.

Bem preso ao pelourinho estava amarrado um negro, de compleição firme e olhar assustado. De frente para o mesmo e de costas para a cozinha de modos que o seu rosto ficava em nossa direção. De seus lábios saía uma cantilena na sua língua nativa. Mais parecia com um murmúrio ou um lamento. O Sinhô se inteirou do crime cometido pelo negro, e subindo no degrau, após olhar um por um nos olhos, chamou o capataz e pediu a chibata. Antes de começar o triste espetáculo, bradou para todos o crime cometido. O referido sentenciado roubara um cavalo do estábulo e tentara fugir. Por este crime receberia vinte chibatadas nas costas.

O soluçando o escravo pedia perdão e implorava aos céus. A era triste a cena, mas representava a nossa condição miserável em que viveríamos a partir daquele momento.

Após um longo discurso, onde deliberou que detestava aquela situação, que não gostava de surrar ninguém, mas que, no entanto, se fazia necessário, pois senão a ordem seria sublevada, e teríamos o caos no país.

Após este pequeno discurso, a surra se iniciou. Dando o primeiro golpe e deixando os outros dezenove para o capataz.

O coitado, Sentindo o estalar da vara em suas costas, chorava e gemia, e quanto mais chorava, mais o capataz ria e se deliciava. Afastando-se do local, o Sinhô mandou pouparem a região dos rins e os pulmões. Pois não queria perder mais uma mão de obra, o capataz o tranquilizou. Lembrando que nunca perdera nenhum negro. As chibatadas eram distribuídas pelo algoz com uma precisão incrível. Batia nas nádegas; coxas; panturrilhas e omoplatas. Assim que chegou à décima chibatada, o negro, para alívio de todos e dele próprio, desmaiou. Só não caiu ao solo por estar preso pelos pulsos no pelourinho.

Enquanto isso, nós contávamos mentalmente cada chibatada aplicada, rezando para que o suplício terminasse logo. Entretanto, o capataz tudo fazia para prolongar ainda mais o suplício do pobre escravo com o intuito de aumentar o nosso terror.

Mas, como nesta vida nada é eterno. As vinte chibatadas chegaram ao fim e com elas o nosso alívio. Entretanto, antes de desamarrarem o pobre negro, uma escrava veio da cozinha carregando uma bacia contendo vinagre branco e sal grosso. De uma só vez, atirou o conteúdo nas costas do supliciado. Apesar de parecer tortura, tal salmoura servia para estancar a hemorragia além de lavar e desinfetar as feridas. O negro despertou com um pulo e berrava de dor ao ter suas costas esfregadas pela negra.

Após esta dolorosa limpeza, o escravo foi desamarrado e conduzido por dois outros negros para a senzala.

O capataz aproveitando a audiência e o terror estampado nas feições das "novas aquisições" nos apresentou aos instrumentos de tortura, suplício e dominação. Havia a chibata, o açoite, a máscara de flandres, a palmatória, o anjo e por aí vai.

Todos os instrumentos do mal eram destinados a quebrar nossa vontade, a moral e nos deixar dóceis "civilizando-nos" como se dizia à época. Num discurso previamente ensaiado, disse que o escravo que trabalhasse bem e fosse obediente teria o direito de dormir e comer. Graças à benevolência de seu Sinhô. Que o domingo era o único dia de descanso dos negros. Com exceção dos que trabalhavam na casa grande, na estrebaria, no curral e daqueles em que o Sinhô solicitasse algum serviço. Pois o domingo era o dia destinado ao nosso senhor Jesus Cristo, e nós, pagões, aprenderíamos a amá-lo e a respeitá-lo.

Após esta cantilena, fomos conduzidos para a senzala. Lá recebemos nossos únicos pertences. Um cobertor, um prato de madeira e uma caneca de madeira. Aproveitamos para nos recompor, foi ai que reparei na construção da senzala. Era um edifício sem cômodos, com o chão de barro batido. Havia alguma palha espalhada pelo chão. A parede era feita de tijolo de barro, sem pintura e reboco. Em um canto havia fora feito um buraco onde havia a parte superior de um barril aparecendo mais ou menos uns quarenta e cinco centímetros. Ali era nosso banheiro noturno. Reparei que os outros escravos que foram comprados junto comigo estavam tão ou mais assustados que eu.

O capataz chamou um dos seus asseclas e mandou nos levar até o ribeirão. Chegando lá pudemos nos lavar e limpar os pés doloridos da longa marcha.

O capataz designou nossa nova função assim que retornamos. Acabei na lavoura de cana e café cultura há pouco introduzido no vale.

O capataz nos deixou em paz, pois já era sábado à tarde, não valia à pena nos conduzir até a lavoura. Antes de nos deixar, avisou que no dia seguinte o Padre iria batizar as crianças após a missa dominical.

Após dado este aviso, apalpou os seios de uma negra e foi-se rindo.

Reparei que o negro que fora surrado estava entrando na senzala gemendo. Sem saber o que fazer. Fui em direção à mesma, e assim que meus olhos se acostumaram com a escuridão, pude ver o negro deitado de costas para cima numa esteira, gemendo e chorando. O mesmo estava febril e com tremores por todo corpo. Dei a volta de maneira que ele pudesse me ver, com gestos e mímicas perguntei a escrava que cuidava dele se poderia ajudar. Veio o consentimento junto com um sorriso de parte da negra e de pronto saí para a mata à procura de algo para fazer um emplastro e colocar nas feridas.

Após procurar, consegui achar babosa e eucalipto. Dirigi-me até duas pedras que eram utilizadas como pilão por nós e macerei ambos. Peguei o resultado da maceração e apliquei nas chagas do enfermo. Cobri os ferimentos com um pano, mas não apertei e nem amarrei, somente coloquei por cima, pois não queria que o tecido grudasse nas chagas. Dando por acabada a minha pequena ajuda, saí seguido pela negra.

Assim que pus os pés do lado de fora, aproximou-se de mim um negro que entendia o meu dialeto. Entabulou uma conversa e me perguntou se eu era um curandeiro. Ante a minha negativa, perguntou onde eu aprendera a medicar. Expliquei-lhe que minha mãe, lá na África, teimosamente insistiu para que me fosse ensinado e durante minha existência nesta vida terrena, sempre a abençoei pela sua insistência. Pois por mais de uma vez me valeria destes conhecimentos para ajudar os necessitados.

A escrava que ajudara o negro dentro da senzala apresentou-se como Maria e disse que era a cozinheira do casarão. Após entabulada esta conversa. Pegou em minhas mãos me conduzindo até um caldeirão fumegante, montado em uma fogueira na frente da senzala. Peguei meu coité[2] e enchi com o tão conhecido e insosso mingau de milho.

Somente neste momento foi que notei o quanto estava faminto. Agradeci comum leve aceno de cabeça e comi tudo. Confesso que nem notei o gosto da gororoba servida. Tão logo acabei, escolhi um canto dentro da senzala onde coloquei um pouco de palha no chão e estendi o cobertor. Ajeitando-me em cima desta cama improvisada. Este canto passaria a ser minha "morada". Arrumei ao meu lado os dois únicos pertences de um escravo. Os dois coités, um para comer e outro para beber. Além, é claro, da roupa de saco de açúcar que recebera.

Assim que terminei esta pequena arrumação, me estiquei e preparei para dormir, pois o meu corpo estava alquebrado, pela marcha e pela emoção do dia. O meu sono foi entrecortado de pesadelos onde eu fugia, com um cão enorme

---

[2] Cuia pequena, normalmente feita e cabaça ou coco, que servia de prato ou copo.

a me perseguir, outra hora estava me afogando no porão do navio, sendo surrado enquanto o capataz ria-se de mim e do meu estado.

Acordei assustado antes de o sol raiar, e fiquei quieto no meu canto, esperando o dia e as novidades que viriam.

O chegou o domingo e as portas foram desaferrolhadas. Após comermos o tão conhecido mingau de entulho (apelido dado por nós), o capataz e seus sectários que a tudo assistiam nos colocou em fila indiana conduzindo em direção ao terreiro.

Assim que chegamos, foi selecionado cinco de nós para montar o altar. E logo que ficou pronto foi inspecionado pelo capataz. Terminado a inspeção, chamou a cozinheira Maria que trouxe uma toalha branquíssima para forrar a mesa.

Desta feita, o capataz adentrou na casa grande e logo depois veio o Sinhô com o Padre ao seu lado, a Sinhá e seus filhos cercados por pessoas de seu círculo de amizade, e por fim, fechando o cortejo, os empregados da casa.

O Padre iniciou à santa missa. Tendo em vista nós sermos pagãos ficávamos de joelhos durante toda a missa. Tal obrigação terminava assim que adotássemos o Cristianismo.

Como não podíamos confessar os nossos pecados e largar da vida mundana que levávamos, tínhamos que penitenciar.

Em determinado momento, o pároco chamou as crianças e enquanto passavam na sua frente, espargiu água sobre elas. E o Sinhô ia lhes dando nome a seu bel prazer, com o capataz anotando.

Assim que terminou esta tarefa, o Padre benzeu-nos e foi-se tão rápido como chegou. Acompanhado pelo Sinhô e seu séquito.

A mesa foi desmontada. E o capataz selecionou quatro homens para pegar as provisões destinadas à semana.

Quando os quatro chegaram com as provisões; as negras que cuidavam da feitura da comida já estavam com o fogo pronto e a água no caldeirão.

O domingo, como já dissera, era destinado para o descanso. Normalmente aproveitávamos para cuidar do nosso roçado, que o Sinhô nos permitia ter para complementar a nossa parca refeição. Eu, como acabara de chegar, Ainda não tinha uma tarefa certa. Após deambular pela roça, arrancando mato ou outra tarefa qualquer, peguei uns galhos de babosa e pimenta dedo de moça. Macerei e com o sumo fui até à senzala. Onde procurei o pobre escavo surrado no dia anterior e passei nas costas. As feridas estavam intumescidas e em diversos locais arroxeadas. Mas nada sério. Era a evolução normal do quadro.

Peguei mais babosa e pimenta e novamente macerei, repetindo a operação de colocar nas costas e pernas do supliciado. A pimenta serve para desinfetar e melhora ajuda a cicatrização dos diversos ferimentos.

Ao acabar, recebi por parte do enfermo um olhar de gratidão e ao mesmo tempo de vergonha por seu estado, sorri-lhe de volta, dando uma tapa em seu ombro, saí satisfeito pelo bem feito a um necessitado.

Domingo era dia de colocar as coisas em ordem; De limpar e de descansar. Voltei para a horta, pois havia muita tarefa para fazer. As negras aproveitavam para cuidar da lavagem da senzala cujo chão era de pedra. A tarde se foi e com a chegada da noite aproveitamos para cear. Neste dia, a dose de cachaça era farta, mas não o bastante para nos embebedarmos.

Guardei minha dose de pinga para colocar junto com fumo de rolo, é ótimo para mordedura de bichos e câimbras. E assim o domingo se passou, Até que um dos asseclas do capataz apareceu e aferrolhou-nos dentro da senzala. O pior som era este, pois sabíamos que no dia seguinte a nossa vida de dor e misérias voltaria ao normal.

Antes de alvorecer, as portas foram desaferrolhadas e o capataz surgiu. Determinou que a mulher recém-chegada fosse logo para a cozinha. Enquanto nós fomos para a lavoura de cana.

Assim que chegamos ao canavial, vimos que havia um carro de boi parado com ferramentas de capina e corte. Deram-nos facões junto com um carreiro de cana, para limpar-nos. Enquanto isso, na outra extremidade do canavial, alguns negros faziam a queimada, para que no dia seguinte nós pudéssemos cortar a cana novamente, O serviço consistia em cortar a cana, colocar no caminho enquanto o carreteiro, que era um escravo idoso, passava com o carro de boi recolhendo as canas cortadas. A função de cortar cana durava o dia inteiro e de hora em hora recebíamos uma concha de água pelas mãos de uma negra. Logo após o horário do almoço, tive que enfaixar as mãos, pois o cabo do facão já consumira praticamente toda a pele.

Os recém-chegados trabalhavam com uma das pernas acorrentadas a uma bola de ferro. E de acordo com o capataz "era para não terem ideias erradas".

O capataz, caçoando do estado de minhas mãos, me deu duas lambadas nas costas com o lado do facão, dizendo que ali eu aprenderia a ser homem.

O dia se passou, e com ele veio o tão esperado anoitecer. Fomos levados para a senzala, onde o jantar já nos esperava, comi o mais rápido que pude. Fui para dentro e uma vez lá notei que o escravo surrado apresentava melhoras significativas. Aproveitei para passar a babosa em minhas mãos feridas. Foi quando Maria entrou junto com o negro que falava o meu dialeto, e após me ajudar a enfaixar perguntou se era verdade que eu era o "rei" de minha tribo. Respondi-lhe que sim, mas que não me considerava rei já que não existia mais tribo. Fora espalhada pelo país ou morta.

Maria, olhando para o escravo surrado, disse numa tristeza sem fim: "Esta é a sina do negro, a lei dos três "pês", Pano (para vestir), pão (para comer e aguentar o trabalho) e pau (para andar na linha)".

A negra, cozinheira, vendo-me cansado em demasia, se retirou. Tão logo Maria saiu da senzala, eu adormeci.

Acordei com o barulho dos ferrolhos trancando a senzala por mais uma noite. e devido ao meu cochilo prévio, perdera o sono. A noite é uma péssima companheira para o escravo, pois lhe traz memórias dos seus dias de negro livre. Lembrava o sorriso no rosto de minha esposa e filhos ao retornar da caçada com comida. Aas noites Estreladas da África; De deitar na nossa palhoça escutando ao longe o ruído da selva; Das tempestades e raios que cortavam os céus, tornando a noite dia, E sabendo que a chuva benfazeja traria nos meses seguintes a abundância na savana. Dormi, embalado por doces lembranças de um passado que nunca mais voltaria.

Novamente os barulhos dos ferrolhos na porta me acordaram, levantei com o corpo dolorido do trabalho do dia anterior. Já era hora de voltar para o mundo de dor e sacrifício.

Tomei o desjejum costumeiro de sobras do jantar. Como o nosso jantar dormia do lado de fora, adquirimos o hábito de levar uma porção no nosso coité, caso chovesse à noite. Assim garantíamos o nosso café, e caso não chovesse, engrossava a nossa porção diária.

Fomos para o canavial, e assim que começamos a nossa faina, o negro do carro de bois, escorregou e caiu. João, um mulato estrábico de má índole, um dos asseclas do capataz que por coincidência tinham o mesmo nome, Começou a surrá-lo sem dó nem piedade. O velho negro jazia sem forças no chão somente balbuciando que o perdoasse. João o maldizendo, batia ainda mais. O capataz e o restante do bando riam-se a não mais poder. Isso estimulou ainda mais. João parou de bater e num movimento rápido, passou a urinar no pobre ancião. Neste momento, tomado de uma fúria incontida, pulei em direção ao velho. Mas não cheguei nem perto; Tomei uma pancada na cabeça e cai ao solo tonto pelo golpe que recebera. Logo partiram pontapés de todos os lados e fui atado à carroça sendo levado para a senzala. Assim que cheguei fui preso ao tronco[3] no meio do pátio, e, rindo, o capataz falou que esse era o castigo para negro valente. Apanhei mais um pouco até que

---

[3]Tronco brasileiro que consistia em um grande pedaço de madeira retangular, aberto em duas metades, com buracos maiores para a cabeça e menores para os pés e as mãos do escravo. Para prender o negro no tronco, abriam-se as metades e colocavam-se nos buracos o pescoço, os tornozelos ou os pulsos do escravo. Após o que eram fechadas as extremidades com um grande cadeado.

se dando por satisfeito saiu. Deixando ordens expressas para só me dar água ao anoitecer.

Passei o dia inteiro nesta posição incômoda, e ao final já não sentia mais dor, somente um formigamento e dormência nos meus membros e nádegas.

Assim que anoiteceu, recebi minha cota de água. Dado pelo escravo jardineiro. Aproveitou e me disse que se chamava José. A água veio com um pouco de limão. O jardineiro, querendo amenizar a situação puxou conversa e disse que o limão era para refrescar.

João, voltando da lavoura, disse que eu aprenderia uma lição. Caminhou até às minhas costas. Encolhi-me esperando mais uma surra. Mas para minha surpresa ela não veio. O que veio foi um jato de urina e como previamente combinado, todos os seus sequazes fizeram o mesmo. Junto com este ato palavras me foram ditas: que era para aprender, que servisse de lição. Assim molhado. E com o orgulho e a moral ferida, passei a noite.

No dia seguinte, ao passar por mim, me deu duas chibatadas, e disse que urina no sol fazia bem para pele negra.

O dia se arrastava e por cerca de meio-dia desmaiei de calor e cansaço pela posição ingrata.

Para minha sorte, o guarda quando viu que eu desmaiara se assustou com medo de perder uma mão de obra. Desesperado, chamou Maria e o jardineiro para ajudá-lo a me despertar. Estes, vendo meu estado, colocaram um pano por cima, fazendo uma cabana. O jardineiro pegou um balde de água, atirando-o em mim.

Deste modo, recobrei os sentidos. Sendo agraciado com mais água com limão. Maria aproveitou e molhou minhas roupas. Passei a tarde assim, e o guarda, com medo da reprimenda por parte do capataz, pediu a Maria e ao José segredo.

Sobreveio à noite, e eu, que me recobrara, esperei nova humilhação. No entanto, João mandou que me soltassem e me conduzissem para senzala. Falando que esperava que o aprendizado tivesse surtido efeito.

Mal podia andar. Fui praticamente arrastado por todo caminho, meus membros adormecidos não respondiam ao comando.

Jogaram-me ao solo, bem na frente da porta. E, se não fosse pela caridade dos outros negros, adormeceria ali mesmo.

Os escravos me colocaram em cima de uma esteira, despertei do meu torpor por uma voz grossa me ordenando para acordar e abrir a boca para comer e beber, pois precisava me alimentar e hidratar. Abri os olhos e me espantei ao ver o escravo que fora surrado ao meu lado segurando um coité de mingau na mão. Obrigando-me a engolir. Mandou ser forte, pois no dia seguinte eu teria que trabalhar e cumprir minha cota diária. O meu amigo passou praticamente a noite inteira ao meu lado, dando-me água de hora em hora, cuidando e zelando para minha recuperação.

- Bem com o bem se paga! Dizia-me enquanto eu o mandava descansar, pois o dia seria longo para ele também.

Amanheceu, e meu corpo tão combalido do dia anterior, já estava num melhor estado. Levantei, agradecido pelos cuidados de meu zeloso amigo. Tomei meu desjejum e após isso João veio dizendo que minha recuperação fora muito boa, e que esperava que minha cota fosse cumprida.

Por pura maldade, a minha cota foi maior que as dadas para os outros negros. Não sei de onde tirei forças pra terminar com meu serviço, mas graças a Deus consegui dar conta. Não sem algum sacrifício de minha parte. Reparei que outro negro conduzia o carroção de bois recolhendo as canas. Ao chegar à senzala perguntei por ele e me foi dito que fora trocado por um boi. Assim nós éramos considerados: valíamos tanto quanto um boi velho, sendo que o animal ainda era mais bem tratado que nós.

A Nossa semana transcorreu sem maiores incidentes, além dos normais, escravo que não cumpria a cota; apanhava! E ia com a canga do boi, ao lado do animal, fazendo força até a moenda. Sendo chicoteado nas pernas, ante risos e galhofas.

Mas não víamos à hora de chegar o domingo. Era o único dia em que podíamos descansar e quando João e seus sequazes nos deixavam um pouco em paz. Isso após a missa dominical.

Sábado antes de encerrar o dia de trabalho, fui designado por um dos auxiliares de João para retirar os dejetos da casa grande no domingo. O que era feito de manhã bem cedinho, antes de a casa grande acordar. O acesso para retirar o Barril com os dejetos se dava por uma portinhola ao lado da casa. Por esta porta se chegava à latrina do banheiro. Ai neste local se retirava o barril cheio, colocando um novo, vazio e limpo. E com o outro na cabeça e nos ombros, descíamos o caminho indo a um local previamente designado no riacho. Onde atirávamos os dejetos. Neste mesmo lugar, aproveitávamos para lavar o barril com uma barra de sabão.

Uma vez limpo o barril, nós éramos autorizado a tomar um banho com a mesma barra de sabão. Após limpeza do barril e do corpo, seguíamos de volta e colocávamos a barrica num depósito de material velho.

Neste dia fui dispensado da missa por causa do trabalho, e por isso assim que retornei para à senzala fui até a lavoura, onde aproveitei para plantar um pouco de bertalha, babosa e aguar as plantas. Neste dia colhi um pouco de inhame e agrião na beirada do rio, para fortalecer o angu de nosso caldeirão.

Aproveitei e espalhei umas ramas de batata doce pela plantação para aumentar a nossa colheita do tubérculo.

Assim que a missa terminou, as negras responsáveis por nosso almoço começaram a cozinhar, e os moleques, sempre em volta, corriam pelo mato para trazer a lenha e buscavam água no riacho.

A senzala foi limpa e lavada como sempre. Isso poupava uma série de doenças e dissabores para nós. Se bem que os ratos, por mais que nós limpássemos o local, eram nossos companheiros constantes e que durante a noite passeavam por entre nós. Sempre a procura de algo mastigável.

O dia correu tranquilo e ensolarado, após o almoço a nossa dose de cachaça foi distribuída e logo um cântico fez-se ouvir. Uma mistura de dialetos e palavras nativas. Mas todas tendo um significado só. A tristeza que assolava nossos corações; a saudade da nossa terra; de nossos familiares; amigos; de nossa liberdade e da nossa dignidade.

Ao anoitecer fomos trancados com normalmente ocorria. à espera de mais um dia de agruras.

A segunda-feira foi bem até mais ou menos à hora do almoço. Quando fomos chamados para o engenho. Onde assistiríamos mais um suplício de um negro. O crime: Fora pego comendo um pedaço do pão de açúcar[4].

---

[4] Na produção de açúcar, o caldo de cana é levado a grandes tachos de cobre, e submetido a fogo brando até atingir o "ponto", ou seja, se transformar em mel. Esse mel-de-engenho é transferido para um tanque onde é submetido a agitação, para acelerar a cristalização do açúcar. O mel, então, é distribuído em formas cônicas, dispostas em uma bancada, onde fica até esfriar. O açúcar cristalizado, em forma de pão, que recebe o nome inicial de pão-de-açúcar, é desenformado, chamando-se, então, açúcar

Quando chegamos, vimos o negro já com as mãos e pés atados pelo capataz, que lhe deu umas chibatadas, passando logo a seguir e passou um pouco de água açucarada em seu corpo, levando-o em seguida para um formigueiro. Com uma vara atiçou as formigas, entregando-o a este martírio doloroso.

Deixou-o por algum tempo, depois o libertou, e o escravo, correndo feito um corisco, partiu em direção ao riacho para banhar-se.

João, o capataz, pessoa vingativa além de possuir uma má índole. Aproveitou-se do ocorrido, e me lembrou da tentativa de socorrer o escravo carroceiro. Depois disto, me alertou dizendo que seria meu pesadelo.

E realmente a partir daí os piores serviços eram meus. Todos os domingos, eu era mandado esvaziar a latrina, se tinha que cavar uma vala lá me ia, por qualquer motivo e até sem ele eu apanhava e era esbofeteado. No entanto aprendi a ser indulgente. Maria, nas poucas vezes em que nós conversamos, dizia:

---

bruto, ou **mascavo**, que é comercializado para utilização nessa forma.

- "Deus nos testa na nossa fraqueza", e era uma verdade, pelo menos para mim. Meu maior defeito era perdoar e relevar, e nesta nova vida o que mais fiz foi isso.

Um dia, de maldade, João ao ver um formigueiro, me chamou e após atiçar, atirou-me em cima do mesmo, me mantendo ali.

Depois de certo tempo, quando a ardência nos membros inferiores era enorme, libertou-me entre maldições e xingamentos. Além disto, mandou completar minha cota, senão apanharia.

Neste dia, ao chegar à senzala, Tinha as pernas inchadas e doloridas. Pedi que se pegasse lama do barreiro e após passar a solução feita por mim de fumo e álcool, coloquei o emplastro de barro. O alívio foi imediato.

Por estar sempre medicando e ajudando os necessitados, a minha fama de "curandeiro" se espalhou. Chegando até a cozinha, aos ouvidos de Maria e do jardineiro.

CAFÉ DA MANHÃ

Na senzala o dia começava antes do sol raiar. Sempre havia duas ou três negras idosas que não tinham mais serventia para o trabalho no campo e que não possuíam aptidão para trabalhar casa grande. Estas negras levantavam e aguardava o capataz abrir as portas da senzala para que pudessem acender o fogo do lado de fora, onde havia um tripé armado com um gancho de metal. Ali era pendurado um caldeirão onde se cozinhava um mingau de farinha de milho bem ralo com sal, que nos dias de sorte era colocado algum miúdo de porco ou boi. Faziam também um pouco de café feito de couve moída ou cevada. Esta última retirada da alimentação do gado. Cada negro recebia um coité de café e outro de angu. Quando um dos negros do engenho conseguia "roubar um pouco de rapadura" o café era adoçado.

Enquanto comíamos, o capataz e seus asseclas aproveitavam para nos humilhar maldizendo-nos e muitas vezes atirando pedrinha dentro de nossa parca e insossa refeição. Após desjejum, éramos enfileirados e conduzidos para o local de trabalho. Sendo designada a função de cada um tão logo chegávamos ao local. Normalmente os mais velhos ficavam com as partes mais leves. Mas não se enganem. Isto era feito não por piedade. Mas sim por que o braço mais forte rendia mais no corte da cana, e não se corria o risco de perder uma mão de obra por doença ou exaustão.

Conforme relatei, fui designado para o corte da cana-de-açúcar. E uma vez designada a função; se morria nela. Ou até se ficar completamente inútil para exercê-la. Neste caso nós éramos abandonados à própria sorte. Ficávamos esperando a morte chegar, como se falava na época: "negro que não trabalha, não come!"

A tarefa de cortar cana era fatigante, demorada e penosa, pois havia a necessidade de primeiro tocar fogo na palha seca. Tarefa para os tocadores de fogo, depois limpar o local e começar a cortar a cana. Cada negro, após a queima, recebia um carreiro de cana e começava A sua faina. Cada um de nós, durante o corte, recebia um facão, e uma bola de ferro nos pés. Para evitar que, uma vez armados, matássemos os nossos vigias e fugíssemos.

Aquela bola de ferro nos marcava na canela, abrindo chagas, e depois de certo tempo a pele enrijecia. Nas primeiras vezes que usei, a corrente comeu a carne, chegando a aparecer o osso da canela a dor era lancinante. Somente depois do exame do capataz em minha canela e verificar o estado lastimável que se encontrava, é que foi autorizada a troca de perna. Passando a bola para perna esquerda. Nesta época, recebi um punhado de sal por dia, para fazer salmoura. Juntei ao sal a maceração de babosa com saião. A aparência da canela ficou horrível, e carreguei esta chaga por toda minha existência.

Tão logo saíamos para nossos afazeres, as negras que ficavam na senzala começavam a "arrumar" o local; varrendo e colocando a palha da noite no sol. Enquanto os negrinhos que não iam ajudar Maria na cozinha, ficavam por ali auxiliando na busca de lenha e água fresca.

Como as portas da senzala se fechavam tão logo o Sinhô acabasse de jantar, nós adquirimos o hábito de nos aliviar antes de ir dormir. No entanto, caso alguém passasse mal, o que não era raro, havia a famigerada barrica encravada ao solo para as necessidades emergenciais.

Esta barrica era esvaziada pelos negrinhos no rio no mesmo local em que se esvaziava a da casa grande, logo após o curral, que era a última construção da Fazenda.

Também era função destas escravas cuidarem dos doentes e feridos, mas somente os que não podiam se locomover. Neste caso, o Sinhô ordenava uma cota extra[5] de carne de gado, porco ou frango, para ajudar no pronto restabelecimento.

Mais uma vez a preocupação era com a mão de obra, pois como já dito anteriormente, para os velhos que não tinham mais forças para produzir, a sua cota de carne e salgados era retirada.

Mas nós sempre dividíamos o pouco com aqueles que não recebiam a cota.

O cálculo era o seguinte: cada negro tinha direito a um punhado de arroz por dia, 400 gramas de carne por semana (quando falo carne significa os miúdos do porco, boi, ou nos dias de festa, umas galinhas velhas), um quilo de farinha de milho por mês e um quilo de farinha de mandioca por mês. Um quilo de sal por mês para cada quarenta negros. O café

---

[5] Neste caso cada cota correspondia ao que cabe em uma palma da mão.

era, como já disse anteriormente, de cevada ou couve torrada e moída. Mas cabia somente um quilo/mês para cada um de nós. Açúcar somente roubado e mesmo assim era de rapadura. Também recebíamos, aos domingos, um coité de cachaça para os homens e meio coité para as mulheres.

Dentro da senzala, o único "móvel" permitido era o altar, onde se colocava umas estátuas de santo, cedidas e benzidas pelo pároco da cidade. Os escravos da carpintaria fizeram um tablado com fundo falso. E dentro deles alguns de nós colocávamos as oferendas para os Orixás. No exato local em que ficavam as estátuas dos santos. Desta maneira, quando o capataz ou seus asseclas entravam na senzala e viam um negro ajoelhado rezando, achavam que era para o santo ali em cima. Quando na realidade era para o seu orixá predileto.

As nossas roupas eram feita de saco de açúcar ou de farinha, e as das mulheres acompanhavam a "moda senzala". Somente para os negros que trabalhavam diretamente na casa grande era permitido trajar roupas normais.

Complementava-nos o nosso parco gêneros com a horta da senzala onde se plantava, com muito custo, alface, tomate, bertalha e abóbora. Ainda contávamos com um farto suprimento de inhame e agrião, retirados do rio.

Era proibida a caça e a pesca já que significava que estávamos vadiando, ao invés de trabalhar.

O serviço na lavoura era ininterrupto. Havendo um intervalo de hora em hora para beber ma concha de água. E caso não cumprisse a meta do dia, éramos surrados com a palmatória, ou outro castigo em que João imaginasse. Isso dificultava ainda mais a colheita no dia seguinte.

Os negros mais fortes e saudáveis serviam como reprodutores, Pois cada criança nascida era uma mão de obra a mais ou dinheiro com a venda. As mulheres grávidas ficavam dispensadas do trabalho e somente as mais belas e com as ancas mais largas serviam como parideiras. Normalmente para evitar o apego da mãe, a criança mamava numa mãe de leite, e tão logo desmamasse era trocada com outra criança de uma Fazenda das redondezas, ou vendida como gado na feira.

As mulheres, uma vez confirmada à gravidez, ficavam em uma casa feita especialmente para isso. Lá recebiam alimentação especial e cuidados, pois representavam lucro para a Fazenda.

A CASA DO RIO

Ao escurecer do dia tomávamos o caminho da senzala onde nos esperava o "jantar", e após isso, dava-nos mais um tempo, até o Sinhô acabar de cear, e sob o julgo do capataz, éramos trancafiados na senzala. Para mim esta era a pior hora do dia, pois sem nada para fazer, restava somente deixar a mente divagar, me levando assim a saudosa terra natal. De onde recordava a minha liberdade, de sentir o cheiro da savana e ouvir os animais. Do prazer da caça, do amor de minha família.

CARLOS DONATO

FUGA E MORTE

No dia seguinte fomos despertos a mesma hora, e do mesmo jeito. Parecia que seria mais um dia normal de dor e sofrimento. Entretanto tomamos um caminho diferente do usual. Seguimos em direção a um morro, situado na divisa da Fazenda Estrela com a outra, era dia de colheita do café. Lá chegando, João nos informou que iríamos ajudar a outra equipe de escravos a colher café. Iniciamos os trabalhos sob o temor da chibata na parte da frente do morro e fomos aos poucos subindo e indo para o outro lado.

Ao atingir o cume, já pela hora do almoço, avistei algo que me paralisou imediatamente. Bem na divisa, da Fazenda vizinha com a nossa, estava minha esposa e um rapagão que pelas aparências poderia ser meu filho mais velho.

Surtei! Imediatamente agarrei a bola de ferro que me tolhia o movimento e sem pensar duas vezes cori morro abaixo, meio curvado por causa da corrente presa a minha canela, na direção minha amada. Eu nem pensava na hora, só queria vê-los e abraçá-los. A saudade era imensa e eu tinha tanto para falar-lhes. Comecei a chamar por seu nome nativo. Nome não ouvido e certamente não dito por tanto tempo. Ela ergueu a cabeça assustada. Quando me avistou um sorriso iluminou seu semblante, seguido por aparência de dor. A primeira coisa que senti foi uma pancada nas pernas que me derrubou, seguido por diversos gritos de negro fujão.

Eu gritava na minha língua nativa que a amava e que era para ela ser forte, pois um dia nos reencontraríamos, nem que seja em outra vida.

Recebi uma pancada na cabeça e esta foi a última coisa que senti.

Quando acordei, estava atado, e de nada adiantou explicar que eu só queria falar com minha esposa e filho. Eles estavam ali ao lado, mas se encontravam tão inalcançável quanto se estivesse ficado na áfrica.

Fiquei no tronco de novo, mas desta vez dentro do galpão, e recebia água de hora em hora e as refeições no horário também.

João falou que era para que me mantivesse forte, para aguentar o castigo imposto.

Pontualmente vinha um menino com minha comida, e um dia ele trouxe um recado de Maria que me pedia para ser forte e pensar que nesta vida tudo passa.

Domingo chegou e com ele a minha dor e sofrimento, fui sentenciado a vinte chibatadas, preço a ser pago pela suposta tentativa de fuga empreendida por mim.

João, rindo, disse que nada lhe daria maior prazer do que me surrar. A partir daí soube que ele seria o meu juiz, carrasco e testemunha de acusação sempre.

Fui encaminhado até o patíbulo com as mãos atadas na cintura através de um cinto de contenção, lá chegando toda a senzala estava reunida, pois era obrigada a assistir os castigos. A única exceção era o pessoal da cozinha, para não atrasar o almoço da família.

Após o discurso de praxe, onde o Sinhô falava que não gostava de punir os negros, mas se o fazia era para nossa obediência e salvação de nossa alma. Deu, como de praxe, a primeira chibatada. E deixou as outras para o capataz. De igual forma fui atingido somente nas nádegas, omoplatas, pernas e panturrilhas. Havia me prometido que não iria gritar de dor. Não poderia dar este prazer ao João. Mas para não gritar, mordi minha boca até sangrar.

Por volta da décima, emiti o primeiro gemido, podia sentir a chibata abrindo minha carne onde batia. E o nefando João, de propósito, dava duas ou três chibatadas na mesma posição. Somente para me ver sangrar cada vez mais, a dor já era lancinante, e em determinados locais já se enxergavam o osso. Foi o caso da minha panturrilha esquerda, e devido a isso, contraí uma coxeadura que me acompanhou por toda minha vida.

Lá pela décima primeira, desmaiei, somente para ser desperto com um balde de água no meu rosto, atirado a mando de João. O que só fez aumentar a hemorragia de minhas costas. Ao final já nem sentia mais, somente rezava e em pensamento, pedia a minha mãezinha que acabasse com meu tormento, que me levasse dali, até a terra dos meus antepassados, onde eu pudesse correr livre novamente.

"NESTA VIDA TUDO PASSA! O AMOR, A FELICIDADE, A DOR E ATÉ O SOFRIMENTO". Minha agonia chegou ao fim quando foi aplicada a última chibatada, eu estava meio morto meio vivo. Foi aplicado o vinagre com sal em minhas costas, o que me despertou novamente, e ao me soltarem, João, não satisfeito com a crueldade aplicada em mim, impediu que os negros me amparassem, deixando o meu corpo tombar no chão de pedras. Após minha queda, dois escravos ergueram meu combalido corpo e me conduziram até a senzala. Lá chegando, largaram-me num canto e saíram. Para minha sorte, Maria, a boa e nobre alma, já havia se desvencilhado do almoço e aparecera na senzala. Neste momento solicitei a ela que pegasse a garrafa contendo álcool e fumo que eu fizera, escondido embaixo do altar onde tínhamos uma estátua de São José com o menino Jesus ao colo. Pedi para chamar dois homens e me segurarem, após o que solicitei a Maria que jogasse o líquido em todas as feridas, retirando, caso encontrasse, pedaços de osso ou qualquer outro objeto incrustado nas chagas.

Ao ser banhado pelo álcool, para minha sorte, desfaleci de dor. Somente despertando após estar coberto por um pano de saco de açúcar limpo.

Mais tarde recebi por parte das cozinheiras minha ração de comida e mesmo sem vontade me obriguei a comer. Pedi as cozinheiras e fui atendido, que colocassem bastante água ao meu lado. Pois devido a hemorragia teria muita sede.

Escutei uma voz, era o escravo que fora surrado quando eu chegara à Fazenda, que entrara, postou-se ao meu lado, e tomando a cuia com água, ajudou-me a beber. Com algum esforço, me arrastou do local onde me encontrava, retirando-me de cima da esteira e colocando-me em outra. Lavou o local e queimou a esteira suja de sangue, dizendo que se eu ficasse na esteira e no local sujo, atrairia os ratos e as baratas.

Nunca me senti tão inútil e tão grato a outra pessoa. Procurei dizer-lhe, mas só balbuciei algumas palavras desconexas, o negro, riu e me falou o mais sábio ditado:

- Bem com o bem se paga! Dito isso saiu para a claridade e para a vida.

Naquela noite não dormi direito e meu amigo permaneceu ao meu lado, me ajudando e velando por meu sono entrecortado de dor.

Amanheceu, e, como costume, o escravo supliciado tinha o "direito" de ficar uma semana de repouso. Depois do almoço, Maria apareceu junto com José, o jardineiro, e jogando mais um pouco do preparado, para umedecer as feridas e a casca que começara a se formar, retirou o pano que cobria os ferimentos. Nova dor lancinante. Em alguns pontos havia inchaço e intumescimento. Solicitei a ela que passasse babosa por todas as feridas, o que ela e José fizeram. A dor era insuportável, mas o ódio que começara a nutrir por João me alimentava, fazendo com que suportasse cada minuto, e cada minuto em convalescência eu sonhara com minha vingança. Chegava a nutrir um prazer mórbido somente em imaginar.

Passou uma semana, e no domingo fui até o riacho para banhar-me. Já estava plenamente recuperado, e lá chegando, pude ver José, o morador do casebre do outro lado do rio, sentado à soleira, pitando um cachimbo de barro. Ele, ao ver-me, acenou e pediu para ir até lá, o que fiz prontamente. Lá chegando o Bom homem entabulou uma conversa para quebrar o gelo, onde narrou que era alforriado e que aquele casebre era dele, enquanto ali vivesse.

O espanto assombrava minha mente, como podia um escravo possuir uma casa e sua alforria? O que ele havia feito para conquistar sua liberdade e moradia? Por que ele não voltara à sua terra natal? Estas perguntas assomavam minha mente, mas, no entanto, consegui me manter em silêncio, com medo de perguntar e criar um clima pesado entre nós.

José não se fez de rogado, entrou no barraco e me trouxe um pouco de cachaça de sua cota e me dando, pediu para sentar ao seu lado na soleira. Durante alguns momentos mantivemos o silêncio, somente escutando o cantar da cigarra e os pássaros.

Finalmente ele resolveu quebrar este momento mágico e me perguntou onde aprendera tanto sobre as ervas medicinais. Contei-lhe minha história, desde o começo, da insistência de minha mãe em aprender com o curandeiro, e ao lembrar, a tristeza assomou meu peito novamente.

José, com a sabedoria que a idade nos dá, mudou o rumo da prosa e perguntou se não gostaria de experimentar o seu cachimbo.

Disse que sim e ao dar o primeiro trago, tossi como louco e ele, rindo, falou que era assim mesmo que acontecia nas primeiras vezes. logo fiquei tonto e com a boca salivando, mas insisti, e quando fui embora já tinha aprendido a fumar.

Despedi-me, falando que era hora de um novo curativo, e ele, entrando em sua morada, me trouxe de presente um cachimbo de barro feito por ele juto com um pouco defumo de rolo.

Agradeci e atravessei o rio em direção a senzala.

Ao chegar à senzala, acrescentei mais pertences aos dois outros. O cachimbo e um novo amigo.

No dia seguinte, João nos acordara, e, rindo para mim, falou que como me encontrava ainda em "convalescência", iria fazer outra função ao invés de cortar cana.

Fiquei encarregado de conduzir uma das carroças de bois para o engenho e dele para a lavoura. Serviço penoso onde muitas vezes tínhamos que empurrar ou puxar o carro de bois pelo caminho. O esforço abriu algumas das minhas feridas e logo havia sangue junto com suor por todo o meu corpo, não esmoreci e durante todo dia trabalhei incessantemente, não ia dar este gosto a ele.

Findo o dia fomos conduzidos para a senzala. Eu, no entanto, ainda tinha que ir até o estábulo, desatrelar os bois, dar água e capim para os animais. Após isso feito e conferido por um dos asseclas, pude voltar e fazer minha refeição.

Novos curativos, novas dores, mas nada comparado ao ódio que borbulhava dentro de mim.

Durante toda semana esta foi minha função e ao chegar novamente domingo, já estava completamente restaurado. As feridas do corpo praticamente cicatrizadas e as da alma completamente abertas.

Um dia, bem no começo da queimada, avistei uma cobra enrolada no meio do canavial, bem na parte que me cabia cortar um plano se formara em minha mente. Aproveitei que o ajudante designado para nos vigiar fora para o meio do canavial copular com uma negra. Peguei a cobra com a mão. Sem sair do meio carreiro, pedi ao meu amigo que fora surrado no dia em que cheguei para chamar o capataz com uma desculpa qualquer. Após o que me embrenhei no meio do canavial e aguardei a chegada dele. Tão logo ouvi sua voz, aproximei-me por trás e atirei a serpente em sua direção. A mesma bateu em sua omoplata e mordeu-o no pescoço.

Com um grito o capataz desabou ao solo. No mesmo momento passei para o carreiro oposto, e ante os supostos gritos de desespero do meu comparsa, apareci junto com o restante dos escravos e os cupinchas do capataz.

Com a desculpa de conhecer sobre plantas fui verificar se podia ajudá-lo, e ao aproximar-me de seu ouvido proferi que a vingança era minha! Mal sabia que pagaria de uma maneira jamais imaginada. Mal plantado, mal colhido, como se diz "a semeadura é livre, mas a colheita é obrigatória". Se soubesse ontem o que sei hoje teria passado por minhas provações mais dignamente, não deixaria o ódio, a vingança e o medo se implantarem em meu ser.

João arregalou os olhos entendendo o acontecido, no entanto ao abrir a boca só emitiu grunhidos de dor. Pois o veneno já tomara conta de seus músculos e num esgar, falecera.

Colocamos seu corpo na carroça e voltamos para a Fazenda, foi comunicado ao Sinhô o acontecido e ele prontamente nomeou um dos antigos ajudantes como novo capataz. Deu-nos o dia de folga, pediu para buscar o Padre na cidade e mandou providenciar o enterro.

Com a chegada do Padre, o Sinhô separou uma nesga de terra no alto de um outeiro, e pediu para o Padre benzer a terra, pois ali seria feito um cemitério.

O local acabou conhecido como Cemitério dos Negros Forros, mas isso é uma história para mais adiante.

A minha fama de "curandeiro" aumentava conforme o passar do tempo, os escravos me procuravam para ajudá-los em qualquer coisa que sentissem e com isso a minha reputação na senzala passou a ser maior que meus feitos.

Com a morte de João, uma nova fase da nossa vida se iniciou. Uma fase um pouco mais humanitária, pelo menos o novo capataz não escarnecia de nós e nem nos batia "sem motivo" aparente.

Com isso fomos ficando mais ousados, pois o escravo para sobreviver tinha certas artimanhas. O pessoal do engenho, quando dava, desviava açúcar. E as pessoas que ajudavam na cozinha, sempre traziam restos de comida, normalmente sobras de carne, para isso aproveitávamos que o novo capataz era doidinho para namorar uma negra que lá trabalhava. Assim que o almoço da casa grande era encerrado; Maria, ladinamente, dava um jeito para que ela ficasse com o capataz às sós e com isso as sobras eram furtadas.

Houve um aumento substancioso na nossa alimentação. O que pegávamos era colocado no fundo do caldeirão, ficando às escondidas no caso de verificação do novo capataz ou alguém de seu bando.

CARLOS DONATO

DOENÇA E REDENÇÃO

Um dia despertamos com as portas sendo desaferrolhadas no meio da noite, e imaginando o que dera errado, nós começamos a rememorar para ver em qual falta iria recair o castigo, entretanto ao se abrir totalmente, Maria, com o semblante pesado, entrou e me procurou, pediu para segui-la e assim saímos da senzala indo para a noite fria. Eu estava como todos, entre estupefato e sonolento, quando o capataz se aproximou de mim e mandou segui-lo sem mais palavras. Já me vi de novo no pelourinho, ou, com muita sorte, no tronco. Ao aproximar-me do cadafalso, pude ver de longe a porta da cozinha aberta e a Sinhá segurando o lampião. Lá chegando vi Maria. A negra assim que me viu veio em minha direção e explicou que Há dois dias Sinhazinha caíra doente, dona de uma tosse incessante, com febre, dor no peito e prostração.

Maria me informou que o Sinhô acabara de sair com mais três empregados para buscar o médico e o Padre. Este último a pedido de Sinhá Rosa. Entretanto, o tempo de ir até a cidade e voltar eram normalmente de quatro dias cavalgando a passo normal.

A Sinhá estava branca e com as mãos trêmulas perguntou se o escravo era eu, e olhando em minha direção perguntou:

- Você pode ajudar? A sua "fama" de curandeiro chegou aos meus ouvidos e eu necessito de toda ajuda que puder conseguir.

Não ousei dirigir-lhe a palavra, mantive a minha cabeça baixa. Maria vendo a minha mudez, me cutucou e refez a pergunta. Dei a seguinte resposta:

- Sinhá, eu não sei! Somente após olhar a Sinhazinha e que posso responder Vossemecê.

Na mesma hora Sinhá mandou que Maria e o capataz levassem até o quarto de Sinhazinha.

Deu ordens expressas para que nada faltasse. Maria, sabiamente, já esquentava um caldeirão de água no fogo, e eu, um reles escravo, sem saber ler e nem escrever, adentrei pela primeira vez na casa grande carregando as esperanças de uma mãe aflita.

Passei pela sala, tendo sempre ao meu lado o capataz e Maria. Sinhá Rosa ia à frente e quando passou por seu quarto de oratório pediu para continuarmos em frente, pois ela ali ficaria. Pedindo por um milagre a Nossa Senhora das Dores. Sua santa de devoção.

Dito isso, cerrou as portas e nós fomos em direção ao quarto da menina.

Lá chegando, pude ouvir o seu tossir e encostando ao seu lado no dossel, pude ver a cor cadavérica de sua pele.

Perguntei a Maria se havia uma tina ou algo onde eu pudesse colocar a menina. Fui informado que havia a banheira, então pedi para que toda a cebola da casa fosse descascada e frita, somente até amolecer. A cozinheira falou que havia muita cebola e eu respondi que era essa a intenção.

Tão logo as cebolas ficaram prontas, nós forramos com uma camada o fundo da banheira, colocamos a menina por cima, cobrindo e envolvendo até os pulmões. Ao mesmo tempo mandei colher eucalipto e dentro do caldeirão com água fervente, atirei o máximo de folhas que consegui. Mandei que assim que a água esfriasse, deveria ser trocada, junto com novas porções de folhas. Colocando a cabeça dela do lado de fora, deixei o caldeirão ao solo de maneira que ela inalasse o vapor dali emanado.

Pedi para fechar a porta do banheiro e eu mesmo me mantive ao seu lado durante toda a noite.

Maria não arredou o pé, sempre providenciando água quente e o que mais fosse necessário.

Ao me indagar com um olhar se a Sinhazinha se recuperaria, fui franco, disse que não sabia. Que somente Deus poderia dar a resposta, de minha parte tudo fiz para a recuperação, mas a doença já se instalara, ia depender da reação do organismo dela.

Pela hora do canto do galo, fui despertado por uma tosse forte e constante da menina. Ao mesmo tempo em que colocava para fora todo mal havido em seus pulmões.

Maria acudiu-a, limpando seu rosto e a tranquilizando com palavras doces e maternas, aproveitei para sorrir e falar que as esperanças se renasciam. A menina estava reagindo, mas carecia de cuidados, muitos cuidados.

Deixei-a dentro da banheira até a hora do café. E pedindo para que se fechassem todas as janelas, retiramos Sinhazinha da banheira e a conduzimos até o quarto. Onde, depois de ter a roupa trocada pela santa escrava, pude novamente entrar. Solicitei que o desjejum da doente fosse um caldo de legumes bem leve com um pouco de galinha, mas somente o caldo e que fosse dado toda vez que sentisse fome.

Após a parca refeição da Sinhazinha, pude ver que a cor voltara ao seu rosto. Dando-me por satisfeito, passei para o andar de baixo. Ao me ouvir caminhar pelo corredor Sinhá abriu a porta do oratório. E pelo breve momento em que nossos olhares se cruzaram pude ver todo o agradecimento de uma mãe.

Cheguei à cozinha me sendo vedada a saída, pelo menos até tomar um café como nunca tomara desde que ali chegara. Havia a minha espera pão fresquinho, café e leite à vontade e um pedaço de bolo de fubá. Algo nunca dantes experimentado, completamente diferente do nosso café matinal. Após comer, Maria chamou o capataz e disse que por ordem da Sinhá Rosa, eu não iria trabalhar este dia, ficando a disposição da casa grande.

Meio a contragosto, o capataz saiu reclamando, dizendo que "o que seria da Fazenda se as mulheres resolvessem mandar lá, que o Sinhô não ia gostar nada daquilo e que ele não teria nada a haver com o assunto."

Fiquei meio perdido sem saber para onde ir, até que jardineiro José veio ao meu encontro pedindo para ajudá-lo no jardim. Atendi de bom grado, afinal qualquer coisa era melhor do que cortar cana e ficar cheio de fuligem e carvão. Ajudei o meu amigo até perto da hora do almoço. Quando José recomendou que parássemos para almoçar. Guardei as ferramentas e quando já ia indo pela picada, em direção à senzala pra fazer minha refeição. O jardineiro, rindo, me chamou de volta. Mandando segui-lo até a cozinha. Pois hoje eu iria almoçar junto com ele.

Os escravos "da casa" só podiam comer após o almoço da família, pois a nossa refeição consistia das sobras que voltavam da sala e eram postas em cima da mesa do recinto. José, sem cerimônias, já se servia e me apontando um prato de latão, sugeriu que fizesse o mesmo. Não me fazendo de rogado, passei a mão no prato que me fora alcançado e comecei a pegar a comida. Nunca vi tanta fartura, o Sinhô não poupava comida, era carne, frango e peixe. Acompanhado de arroz, feijão e farinha de mandioca. Salada, e batatas. Nunca comi tão bem assim. Nem na época da África. Pois nem sempre trazíamos alguma caça e, portanto, a comida era sempre racionada. Após me servir, saímos em direção ao patíbulo sentando nos degraus para almoçar.

Tão logo acabei de comer pedi para ver Sinhazinha novamente. No que fui prontamente atendido. A menina estava bem, menos ofegante, a cor já voltava às maçãs do rosto, a temperatura se normalizara.

A garota dormia e em silêncio me desloquei porta a fora, recomendando que continuasse com os vapores do eucalipto e desse mel à menina de hora em hora. Passei o resto do dia ajudando José no jardim.

A CAPELA

Os dias se desenrolavam normalmente sem mudança na rotina. Através de Maria soube que a Sinhazinha melhorava a olhos vistos e tendo o médico afirmado que o caso da menina não era tão grave quanto o Sinhô relatara e ele e o pároco atribuíram ao desespero da mãe, mas lá no fundo a Sinhá sabia que fora Deus e minha ajuda que resolveram a situação.

Um dia o capataz reuniu quinze de nós na hora de sairmos para o canavial, mas ao invés de irmos pela picada em direção ao mesmo, tomou a direção de um outeiro ao lado direito da Fazenda. Enquanto andávamos, João nos avisou que em homenagem a cura de Sinhazinha, Sinhá Rosa fizera uma promessa a Nossa Senhora das Dores. Ela iria construir uma capela. E os responsáveis por esta construção seríamos nós.

Uma parte de nós foi designada para aplainar o outeiro, enquanto outra fabricaria os tijolos enquanto as negras fariam as telhas.

O trabalho era penoso, pois primeiro tivemos que derrubar árvores, separar a madeira e depois começamos a aplainar o terreno para aumentar a área plana.

Sinhô mandara ir da capital um engenheiro, e o mesmo, com suas escritas estranhas nos indicava o que cortar; como aplainar o morro quanto de barro nós devíamos escavar. O homem parecia louco, estava em todos os lugares ao mesmo tempo. Sempre com seu bigode enorme e sua barriga demasiada grande, sempre corendo e gesticulando. Só sossegava quando o Sinhô aparecia, ai ele adquiria um ar doutoral e andava com o Sinhô por todos os lugares, indicando e mostrando algo que somente ele enxergava.

Após aplainarmos, tivemos que construir um caminho que serpenteava até o local. O caminho começava antes da casa grande e passava ao largo da mesma, indo até o topo. Ao mesmo tempo construímos outro que começava do lado esquerdo do outeiro, no canteiro de obras, que se encontrava no sopé. Para a condução dos materiais necessários à construção.

O canteiro de obras era um formigueiro só: Tirava-se o barro, moldavam-se os tijolos nos moldes de madeira, as telhas nas coxas das escravas, e colocava-se tudo para cozer no forno de barro. Ao mesmo tempo o carpinteiro, tendo José como ajudante, entalhava e confeccionava as estátuas, molduras, as cenas da Via Sacra etc.

Após muito procurar José achou um ipê na mata com altura aproximada de trinta metros. Mandou nós construirmos uma plataforma em volta do mesmo e depois de pronta, serrar os galhos. Separamos e desbastamos os galhos mais grossos, para usar como madeira de segunda linha. Isto pronto, iniciamos ao corte do tronco, José nos mandou cortar o mais rente do solo possível, assim a madeira para tábua é melhor aproveitada.

Apoiamos o tronco em cima de cavaletes, retiramos a casca e após demarcar uma linha reta com barbante sujo de carvão, demos início ao corte das tábuas.

Um escravo ficava em cima e outro dentro de uma vala previamente cavada, e com uma serra enorme dava-se início ao corte num movimento de vai e vem.

O mestre carpinteiro determinava a espessura e tamanho das tábuas bem como o formato e comprimento dos caibros. Diversas madeiras serviram para a empreitada, e cada vez que uma árvore boa era achada, tínhamos que cortar; serrar e arrastar a madeira retirada via mata até o local da obra.

A madeira precisava secar antes de ser colocada na construção, portanto era uma das primeiras coisas a serem feitas. Enquanto a mesma secava, nós começamos a construção da parte de tijolos.

Após um par de anos a capela ficou pronta, faltando somente à decoração do interior, nesta hora, fui chamado por José para ajudá-lo e ao carpinteiro na confecção dos bancos e do genuflexório. A via sacra foi toda entalhada em madeira e as estátuas, depois de entalhadas e pintadas, foram colocadas em seus nichos, que foram feitos três de cada lado das paredes.

O alpendre fora todo feito em cerâmica, que o Sinhô num esmero, mandara vir de Portugal. A entrada da capela em pedra talhada da pedreira da Fazenda.

Atrás do altar ficaria a estátua de Nossa Senhora Das Dores, cuja imagem Sinhá Rosa ganhara de sua mãe, que trouxera de Portugal.

O altar fora todo trabalhado pelo mestre entalhador e apresentava um cordeiro sendo entregue para o sacrifício, em cima do mesmo voava uma pomba.

Antes da grande inauguração o capataz nos fez consertar a estrada por uma légua e depois de pronta e nivelada ainda tivemos que caiar as árvores, mourão de cerca, pedras e o que mais existisse nas suas margens. Isto feito, José me chamou e mais dois escravos para ajudá-lo a arrumar o jardim da casa grande.

A tarefa foi desempenhada de bom grado. José era um bom amigo e o serviço não era tão pesado como o que normalmente fazíamos. Por esta época perguntei-lhe o que havia feito para morar no casebre perto do rio e ter conquistado sua alforria. A resposta veio num sorriso de dentes alvos:

- "Eu dei sorte!", e nada mais disse.

Ainda retocamos a pintura de toda a casa. Sinhá pediu para manter a cor original: Rosa com as janelas brancas.

Foi escolhido o dia quinze de setembro de mil oitocentos e cinquenta, dia de Nossa Senhora das Dores, que coincidentemente caiu no domingo, para a inauguração da Capela. O Padre viria da cidade para rezar uma missa e abençoar a capela. Foi feito uma festa nunca antes vista e toda a aristocracia estava presente, A comemoração se estendeu para todos inclusive para nós escravos, desde que não estivesse empenhado nos diversos serviços de recepção; cozinha; reposição de comida e outros feitos para o bom atendimento dos convivas. Para os escravos da senzala foi feita uma farta distribuição de alimento, tais como: dois porcos foram mortos, vinte galinhas, cachaça distribuída em abundância; arroz; feijão a boa e já conhecida farinha de milho, para o nosso fubá. Mas o nosso maior espanto veio na hora em que um dos negros nos trouxe dois quilos de café e dois quilos de açúcar. Realmente o Sinhô queria todos muito felizes neste dia.

Porém, na hora da missa, rezada na capela recentemente inaugurada, os escravos que a construíram à custa de sangue e suor, ficaram do lado de fora. De joelhos enquanto o Pároco rezava a missa. Como de praxe, após a missa algumas crianças negras foram batizadas. Quando terminou o batismo, O sinhô o convidou para acompanhá-lo e a Sinhá Rosa até a casa grande, onde se daria início aos festejos. Nós escravos como não éramos bobos nem nada, aproveitamos as sobras de comida da senzala e defumamos ou colocamos na gordura do porco para conservar. Assim garantimos algumas refeições mais substanciais durante algum tempo. Naquela época, a união dos escravos da senzala era enorme, pois tudo que era dado ou roubado por um de nós era dividido na nossa pequena comunidade. Tudo era de todos! Por menor que fosse. Irmanados que éramos no sofrimento e fome.

O Sinhô decretou três dias de festas, iniciando-se no domingo e indo até a terça-feira. Entretanto o serviço na Fazenda não podia parar e para nós a segunda-feira foi normal, com direito a lavoura e chibata.

A CASA GRANDE

Segunda começara igual às outras. Mas uma surpresa agradável me esperava. Após o nosso café matinal, o capataz chamou meu nome e mandou que eu saísse da fila destinada a lavoura. Apontou para o caminho que subia em direção a casa grande e mandou que eu me apresentasse ao José. Consenti meio acabrunhado, e fui-me indo pelo caminho. Parte feliz parte apreensivo, imaginando o que provocara esta mudança.

José já me esperava do lado de fora da cozinha, me cumprimentou com seu sorriso cordial. Chamou por Maria, que ao aparecer, me sorriu e entregou uma caneca com café preto e um pedaço de pão recentemente saído do forno. Apesar de já ter tomado o "nosso café matinal", não me fiz rogado e aceitei. Afinal, quem não aceitaria um pão quentinho.

Enquanto comia, José me explicou que ele, Maria e Sinhá Rosa já planejavam Há algum tempo me tirar da lavoura. No entanto o Sinhô alegava faltava mão de obra escrava no corte da cana. Até que por ocasião da festa de inauguração da capela, Sinhá mostrou-lhe que os seus jardins estavam mal cuidados pois o serviço era demasiado para José.

Imitando a voz de Sinhá Rosa, José disse:

- "Os meus jardins aumentaram muito, em relação ao plano inicial, disse-lhe. Por isso ele necessita de um ajudante e que Joaquim (eu) possui algum conhecimento sobre plantas, pode ser de grande valia, arrematou".

O Sinhô determinou que então ela resolvesse isso e que em caso de algum problema, ela seria responsabilizada.

Neste momento, prometi ao negro e a cozinheira que jamais traria problema algum a eles ou a Sinhá, promessa cumprida enquanto vivi.

Deste dia em diante minha vida deu uma guinada, pois passei a dormir na cozinha, junto com José, Maria e suas duas ajudantes. Todos os dias, logo ao cantar do galo, eu saía à cata de lenha e depois trazia água para a cozinha. Mesmo Maria falando que este serviço era dos moleques, que não precisava fazê-lo. Entretanto por medo de voltar a senzala eu queria me fazer o mais útil possível. Além disto, havia o desejo de mostrar a minha gratidão.

Sabe, é engraçado o que a tristeza faz com o ser humano. Desde que fora tirado tão bruscamente da áfrica, Não desejei conhecer novamente o corpo feminino. Algo dentro de mim se partira para nunca mais se juntar. Creio que meu coração murchara dentro do peito. Amava a todos indistintamente, mas era um amor de irmão, um amor indistinto, não aquele amor direcionado entre um homem e uma mulher. Quanto a filhos, nunca mais desejei pô-los no mundo. Pois sabia que para um negro escravo este mundo era de sofrimento e dor. Enquanto fui vivo lembrava minha linda esposa livre na África, de meus filhos brincando, de como ela sorria a me ver voltar com a caça. E nestas horas me pegava chorando silenciosamente. A noite é uma péssima amiga do escravo. Pois na noite podemos rever e sentir toda a nossa miséria, amargura e dor.

Nunca mais olhei o céu como antigamente, nunca mais ouvi o canto dos pássaros como antes, nunca mais meu coração se curou. Os meus dias, após esta segunda se suavizaram ficaram mais fáceis, pois respondia diretamente ao José, e por medo dele ser repreendido por minha causa nunca falhei. Sempre dei o máximo de mim nas tarefas designadas.

Voltei a sorrir, mas era uma alegria falsa. Uma alegria vazia, como se algo faltasse, algo intangível. E este algo faltava em todos nós, pois mesmo na alegria podia-se ver nos olhos a dor que corria na alma. Uma dor que não tem cura. A pior coisa é a servidão imposta pela chibata, pelo medo do castigo. Pois ela oprime o espírito, matando as esperanças e os sonhos de um homem e um homem sem esperança, que não sonha é um morto vivo. Anda sem destino e sem rumo.

Graças a esta minha nova função o capataz perdera o poder de mando em mim. Eu ficava diretamente sob a jurisdição de José, sendo ele o responsável direto pelos meus feitos ou mal feitos. O capataz servia somente para me aplicar as punições impostas pelo Sinhô.

Um dia perguntei ao José se eu poderia aproveitar e plantar ervas curativas no jardim, no meio de outras plantas. O jardineiro adorou minha sugestão, mas disse que antes teria que pedir a Sinhá, pois os jardins da Fazenda eram o "xodó" de sua vida. A sinhá concordou. Desde que não estragasse a ornamentação de seus vergéis. Procurei fazer a plantação sempre no meio, as mais ornamentais colocava à amostra para ajudar a enfeitar. Devido a esta ideia, meu estoque de plantas medicinais nunca mais acabou.

Sempre ao cair da tarde tão logo terminado nosso serviço no jardim, e enquanto aguardávamos a nossa refeição. Eu e José íamos para seu casebre. E ao chegar lá sentávamos à soleira da porta. Pitávamos e conversávamos até Vermos ao longe Maria aparecer na porta da cozinha. Nesta hora eu me dirigia até a cozinha, e Maria sempre solícita, entregava dois pratos prontos, um para cada um. E ali ficávamos até a noite cair José durante semana, raramente dormia em seu casebre, dizia que gostava de ficar na cozinha mesmo, pois o Sinhô podia precisar dele. Nestas horas de puro prazer, eu ficava vendo-o entalhar algo com seu canivete, e após algum tempo comecei também a tentar entalhar.

No começo era difícil, mas com paciência e a orientação do amigo, logo estava moldando animais e plantas. Um dia pedia a Maria que desse a Sinhazinha um cavalo esculpido na madeira. Maria me falou que a menina não cabia em si de contentamento, neste dia, na hora do almoço, Sinhazinha apareceu na cozinha e nos surpreendendo, abraçou-me, tal atitude pegou a todos desprevenidos e após me agradecer, saiu correndo ante o olhar assustado de sua ama.

Alma doce e pura, parecida com a mãe. Desde pequena sempre mostrou carinho e amor ao próximo. Ás vezes eu olhava para a janela da casa e vi-a olhando para nós trabalhando, nestes momentos eu dava um pequeno sorriso e piscava para ela, era retribuído com outra piscadela e a menina, envergonhada, corria para dentro. Sempre tive o cuidado para que ninguém visse esta nossa pequena brincadeira por medo de que Sinhazinha fosse repreendida.

O Sinhô tinha dois filhos, a Sinhazinha Rosinha e o Sinhozinho José Maria, nome dado em homenagem ao avô paterno. O menino era de má índole, sempre bolinando as negrinhas e implicando com os negros. Por qualquer coisa batia, atirava pedras e saía rindo, por mais que Sinhá Rosa ralhasse, não adiantava. Quando era posto de castigo, chorava copiosamente, o que fazia com que Sinhá se apiedasse e o liberasse. O menino, por ser mais novo e único varão, crescia em tamanho, mas diminuía em caráter e em bondade.

Um dia nos nossos momentos de "pito" perguntei a José por que o menino era tão mal criado assim, e como resposta me disse que Sinhá, por ocasião do parto do menino, quase perdera a vida. Fora uma noite difícil e estava sofrendo muito, se não fosse a intervenção de Maria Sinhá não estaria aqui. Logo após o nascimento o menino foi tirado da mãe, pois a mesma estava muito fraca devido a todo sofrimento. Pela manhã a mesma apresentava um quadro de febre e eles começaram a temer o pior. Foi quando Sinhá Ana, mãe de Rosa, apareceu com a imagem de nossa Senhora das Dores. A Imagem da Santa fora abençoada em terras Lusas. Vindo para o Brasil junto com a família de Sinhá. A Mãe de Sinhá Rosa colocou a imagem na cabeceira da filha. Sinhá logo começou a se acalmar e após alguns dias já podia se levantar e passear pelo quarto. Deste dia em diante ficou devota da de Nossa Senhora. No dia da doença da menina, o quarto onde Sinhá Rosa entrou era o oratório dedicado a ela. No entanto, devido ao parto difícil, Algo dentro dela secara, murchara, pois nunca mais pôde ter filhos. Daí o excesso de zelo e liberalidade com o menino.

O garoto sempre aprontava e eu tinha pena de sua ama, pois cada vez que o menino caía vinha uma reprimenda. O jovem era impossível, por diversas vezes vi o menino chutar os escravos, bater, judiar dos cães, somente para rir-se depois.

Nós tínhamos um lema, quando Sinhozinho aparecia, era melhor desviar, coitado do desavisado que não saísse do caminho a tempo. Certamente iria sofrer; apanhar; tomar uma tapa; uma pedrada ou algo parecido.

A minha tarefa era simples, pela manhã José me dizia o que fazer durante o dia, e eu tinha o cuidado que tudo ficasse sempre perfeito. Normalmente cuidava do pomar, colhia os frutos e trazia para casa grande. O que muito me agradava, pois sempre comia uma fruta. Nos dias em que trabalhava no pomar eu mandava um moleque avisar as mulheres que ficavam na senzala preparando o almoço, e discretamente elas mandavam um guri para o rio com a desculpa de encher as vasilhas de água. E enquanto isso eu jogava algumas frutas dentro do rio e o garoto as retirava mais abaixo. O menino escondia no meio do mato, para na hora do jantar retirar e levar para dentro da senzala. Isso ajudava a melhorar a refeição nos negros, mas eu sabia que se fosse pego o castigo seria doloroso.

As únicas plantas que eu não podia mexer eram as rosas de Sinhá, somente José podia cuidar. O que eu fazia, quando acabava minha tarefa diária, era olhar e aprender. José Homem paciente e zeloso, podava, regava, e toda a manhã cortava um buquê para colocar na sala. Sinhá quando acordava e descia da escada, assim que avistava o seu buquê no aparador abria um lindo sorriso e isso iluminava a casa.

A parte da frente da morada do Sinhô era toda plantada de roseiras e elas seguiam por todo o caminho até a porteira. Havia de diversos matizes e tonalidades. Todas muito bem cuidadas e plantadas por José, o cuidadoso jardineiro. Sempre que Sinhá via uma rosa diferente comprava ou pedia uma muda. Esta mesma era trazida para José que cuidava com esmero e dedicação.

Aos poucos fui adquirindo as técnicas e ganhando confiança do jardineiro. Até que um dia José permitiu, sob sua supervisão, o meu contato com as queridas roseiras.

Um dia pela manhã, José me confessou que estava vendo tudo embaçado, que sua visão não era como antigamente, e que logo, logo, não serviria para mais nada.

Fechando o círculo de escravos da casa grande havia ainda dois outros que cuidavam dos porcos, do galinheiro e dos serviços de alvenaria e madeiramento da casa. Trocando telhas, remendando estábulo, chiqueiro e o que mais houvesse. No entanto, estes não dormiam na casa após suas tarefas. Deslocavam-se para a senzala, como todos outros.

A horta destinada a casa grande passou também a ser minha responsabilidade. e eu sempre tinha legumes e verduras para o almoço do Sinhô e Sinhá. Desde que assumi, nunca mais faltou gêneros. Sempre tinha abóbora, cebola, alho, e hortaliças em geral. Aproveitei para utilizar o mesmo estratagema do pomar. Retirava hortaliças às escondidas e atirava no rio. Onde um moleque já esperava para pegar e esconder.

Alguns anos se passam nesta tranquilidade, até que um dia José amanheceu estranho, meio "travado". Puxando de uma perna e com a fala enrolada. Vi logo que não era boa coisa. Preocupado, mandei que se sentasse e avisei Maria. Neste dia ele ficou quieto, murcho num canto da cozinha, quase não falando.

No dia seguinte já era o mesmo. Apesar de continuar com os mesmos problemas do dia anterior, quis trabalhar no jardim. Neste dia o fez sob minha disfarçada supervisão. A poda teve que ser feita com a mão esquerda, o que lhe custou alguns cortes errados e um monte de pragas proferidas por ele.

Após o almoço pedi que ficasse e descansasse um pouco mais enquanto eu continuava o trabalho. Disfarçadamente voltei e acertei as podas mal feitas.

No dia seguinte pela manhã, com uma desculpa qualquer, Sinhá Rosa apareceu antes do café. Ao ver o estado de José, não se conteve e começou a chorar. A cena era surreal, José, com o seu lado direito pendendo, consolando a sua Sinhá. Com a fala arrastada, o doente negro disse-lhe que logo estaria bom novamente, que não era nada, logo voltaria a podar suas roseiras. Sinhá, virando-se para mim, mandou que o levasse para sua casa no outro lado do rio, que José ficasse descansando o quanto precisasse, e virando para Maria determinou que nunca lhe faltasse nada, nem de comer nem de beber. Dito isso, chamou sua governanta e mandou-a pegar lençóis, toalhas e um cobertor. Entregando-me tudo e se despedindo de José com um até amanhã.

Ao retornar para meus afazeres, Sinhá estava me esperando e me nomeou jardineiro temporário, mas somente enquanto José se restabelecia.

Deste dia em diante, passei a ir visitar o jardineiro no almoço e na janta. Lá na casa do rio. Toda vez que ia, levava algum tipo de alimento ou sua refeição. Aproveitava e confortava-o com conversas amenas, contando sobre suas plantas preferidas, como uma determinada roseira floriu, ou a aparência de outra sempre procurando alegrá-lo. Na parte da noite, ia até o rio e pegava água, acendia o fogão à lenha no interior do casebre e esquentava a mesma para que ele pudesse se banhar. Com a evolução da doença, passei a ajuda-lo nesta tarefa. Após o banho trocava suas roupas, por outras que a boa e velha Maria mandava lavar.

A nossa amizade que já era grande aumentava ainda mais, e toda vez que ele me agradecia e se sentia diminuído, eu dizia:

- Bem com o bem se paga.

Arrematava esta fala dizendo:

- "José, eu lhe devo muito mais que posso pagar. Numa hora dessas estaria comendo restos do almoço na senzala, cortando cana e tendo que aturar o capataz e seus asseclas".

Maria aparecia sempre aos domingos. Assim que o almoço da casa grande se encerrava. Sempre trazia algum mimo, um bolo, um biscoito, algo feito por ela, que tomávamos com chás de ervas. Nestes dias o humor de José voltava ao que era antes da doença. Por momentos ele esquecia-se de seu sofrimento. José às vezes lembrava quando era criança. Ao contrário de mim, ele nascera na senzala, não conhecia a vida livre na savana africana. Nunca participara de uma caçada. E desde novo fora criado para servir o seu Sinhô.

Um domingo, logo após Maria voltar para seus afazeres na cozinha. Aproveitei para dar banho e fazer a barba em José. Assim que terminei, ele quis sentar à mesa e convidou-me a fazer o mesmo. Não sem antes pedir para pegar a garrafa de cachaça em cima do balcão.

Sentamos um de frente para o outro. Após nos servir da aguardente, o jardineiro começou a falar com tristeza sobre seu problema. Do quanto me era grato por ajudá-lo neste momento, tentei interromper, mas com o olhar o meu amigo calou-me. Continuou sua cantilena dizendo que dependia praticamente de mim para tudo, já que lhe faltavam forças nas pernas e no braço direito.

Lembrei-lhe que se minha situação hoje era tranquila, se eu estava fora dos serviços mais pesados era graças a ele e a Maria. Portanto ninguém devia, eu é que por mais que fizesse, nunca poderia pagá-lo. José delicadamente pediu que eu não o interrompesse e dando continuidade, disse que já era muito velho, não fazia ideia de quantos anos tinha. Mas que vira o Sinhô nascer na Fazenda de seu pai, e o vira crescer até tornar-se um homem.

Neste momento começou a relembrar de sua vida, de sua juventude, e como fora profícua, culminando em sua alforria. Querendo mudar o tom triste da prosa, o interrompi, perguntando se poderia me contar esta história e porque ganhara um casebre na Fazenda.

José, após um suspiro, começou a contar:

- Um dia, o pai do Sinhô, meu antigo dono, me chamou e determinou que no dia seguinte eu partisse com o Sinhô seu filho. Que era para pegar meus pertences e esperar ele bem cedo na varanda. Que dali em diante ele seria meu Sinhô.

Antes do nascer do sol, nós já estávamos marchando em direção às Gerais. O Sinhô no cavalo e eu numa mula, enquanto uma terceira carregava nossos poucos pertences.

Ao chegarmos à região das minas, o Sinhô saiu da picada e se embrenhou na mata. Fomos pela mata até achar um córrego, onde começamos a minerar. Assim ficamos de córrego em córrego, de morro em morro. Prospectando atrás de ouro, sempre procurando. Ás vezes nós íamos à cidade para comprar sal, farinha, charque. O Sinhô sempre foi muito centrado, nunca falava na cidade o que estava fazendo, e sempre tínhamos a precaução de voltarmos por caminhos diferentes.

Um dia, minerando numa encosta, achamos um veio promissor. Nesta hora sentimos que a sorte batera em nossa porta, a felicidade preencheu nossos corações, pois para o Sinhô era a chance de subir na vida, e para mim significava minha alforria. Já me via juntando ouro suficiente para comprá-la.

E assim ficamos durante quase um mês minerando, sempre tomando caminhos diferentes para ir à mina toda vez que precisava sair. Sempre ocultando a entrada com folhagens após um dia de trabalho. O trabalho era duro, eu tinha que cavar deitado, com somente um toco de vela. Procurando não perder o veio. Mas ao final do mês já havíamos juntado uma quantia considerável para pagarmos a licença de lavra, comprarmos mantimentos e sobrava ainda bastante coisa.

Mais ou menos uns seis meses de retirada a licença de lavra, O Sinhô foi à cidade, e eu como sempre ficava no acampamento minerando. Ao chegar à cidade, a primeira coisa que ele fez foi ir para a casa de fundição para fundir o ouro que nós havíamos encontrado e pagar o imposto devido. Após pagar o imposto e o fundidor. Disse que se encaminhou para a barbearia para cortar o cabelo e fazer a barba Depois foi tomar um banho e almoçar algo no armazém. Assim que terminou o almoço, colocou-se em marcha para voltar antes de escurecer, pois o caminho era longo.

Ele disse reparar em dois homens do outro lado da rua ao sair do estabelecimento. Parados na porta de uma casa, disse ainda não estranhar nada, mas que depois do acontecido, notou que ao passar eles comentaram algo entre si.

Ao sair da cidade, tomou cuidado de ir por um dos caminhos diferentes que tomávamos, depois de algum tempo, rumou para a mina.

Enquanto isso eu estava no riacho separando o ouro da terra retirada do dia, quando ouvi vozes vindas da parte mais abaixo do rio. Imediatamente me escondi junto às pedras e esperei que passassem. Nesta hora antevi que não devia ser boa coisa. O Sinhô, sem nada desconfiar, acabara de chegar ao acampamento. E por pensar que eu estava no interior da mina não me chamou. Graças a isso, nós estamos vivos.

Vi que os dois homens se dirigiram para o sopé do monte, seguindo a fumaça da nossa fogueira.

Logo o Sinhô foi aprisionado e torturado para que cedesse a licença de lavra. Colocando o nome dos dois no papel. Assistindo a tudo do meio do mato, fiquei esperando a chance de liberta-lo. Confesso que pela minha cabeça passou por diversas vezes fugir e largar tudo pra lá. Mas eu sabia que seria sempre um escravo fugitivo, não encontrando abrigo e nem paradeiro. Qualquer um poderia me prender ou até me matar. Se existia alguma chance de ser realmente livre, estava ali, naquela mina. Neste dia o impulso que me moveu foi um misto de egoísmo, piedade pelo Sinhô sendo surrado copiosamente e de raiva por quererem tomar algo pelo qual lutamos no meio do mato por dois anos. Não sei por quanto tempo fiquei parado esperando e vendo o meu Sinhô resistir a brutalidade dos dois. Mas surtiu efeito. Um dos bandidos afastou-se para urinar, deixando o outro com o Sinhô, esta foi minha deixa. Aproximando-me por trás, ataquei o que estava urinado com uma pedra em sua cabeça, o coitado nem viu o que lhe atingiu, deu um gemido e tombou inerte, neste momento voltei-me para o segundo ladrão, o mesmo, vendo um negro saindo do mato e correndo para onde ele estava, levou a mão a cinta para pegar sua arma, ao mesmo tempo em que começava a correr em minha direção. Neste momento, Sinhô apesar de bastante machucado, interveio, colocando as pernas na frente do homem, que tropeçando caiu ao solo, e antes que se refizesse do tombo, já estava em cima dele batendo, esmurrando e socando com todas as minhas forças. Só parei quando escutei o Sinhô gritando meu nome Por entre os lábios machucados. Neste momento vi que à minha frente jazia uma poça de sangue do que fora o rosto do bandido. Após libertar o Sinhô, tive o cuidado de colocar ele perto da fogueira. Os bandidos haviam quebrado duas costelas, e alguns dedos da mão esquerda, os mesmos que você vê torto até hoje. Faltavam ainda umas duas unhas tiradas à força, além de estar com o rosto praticamente uma roxidão só. O estrago só não fora maior por que eles precisavam que o Sinhô assinasse. E nós sabíamos que o assinar seria decretar a sua morte.

Quis levá-lo a cidade, mas o Sinhô foi categórico, iria ficar ali, não queria mais que ninguém soubesse da mina, do ouro ou do acontecido.

O Sinhô me mandou dar cabo dos corpos, pois os homens eram da cidade e provavelmente nós seríamos enforcados pela morte deles. Já que ninguém acreditaria na nossa história por sermos dois completos desconhecidos, enquanto eles provavelmente eram da cidade. Desci o rio para procurar os cavalos e coloquei os corpos em cima dos mesmos, saindo em direção a um penhasco distante, mais ou menos quatro léguas da mina. Lá chegando matei os cavalos e joguei tudo despenhadeiro abaixo. Confesso que na hora ainda pensei em carnear os cavalos e salgar para fazer charque, afinal carne é carne! Porém o medo de que os cidadãos os procurassem no local e suspeitassem da quantidade de carne armazenada no nosso acampamento falou mais alto.

Após verificar que tudo estava certo, retornei para a mina, e lá chegando comecei a tratar do patrão: primeiro enfaixei suas costelas e depois colocando os seus dedos mais ou menos no lugar, os entalei.

O rosto é que não se podia fazer muita coisa, a não ser colocar seu nariz na posição correta. Nesta hora é que vi o quanto o Sinhô é valente, em nenhum momento, nem quando estava sendo surrado, gritou ou emitiu um gemido sequer. Pude notar que a dor era intensa, mas aguentou sem lamentações ou lamúrias.

Após isso tudo feito, o fiz beber bastante aguardente para amenizar a dor. Passei a noite em vigília, ouvindo o Sinhô gemer durante o seu sono entrecortado, resfolegando entre um pesadelo e outro.

Ao acordar, me perguntou se iria morrer. Tranquilizei-o dizendo que não cuspira sangue. O que era um bom sinal. Só pedi para ficar o mais imóvel possível, para não prejudicar ainda mais os ferimentos. Após, me perguntou por que eu não fugira, já que ele estava imobilizado e provavelmente seria morto pelos dois. Sorri e lhe disse que seu pai havia me colocado responsável pelo seu bem estar, e eu nunca poderia desobedecer a seu pai.

Sorrimos, e após tomar o café e certificar-me do bem estar de meu "paciente", botei ao seu lado a cabaça com água e alguma comida. Pus mais lenha no fogo e parti para a mina. Pois o ouro não vai sair do chão sozinho.

Voltei em torno do almoço, preparei a nossa refeição e após nosso almoço, refiz todos os curativos.

O patrão me agradeceu com lágrimas nos olhos. Falou que tão logo nós chegássemos à cidade eu teria minha alforria. Seria liberto para fazer o que quisesse. Aí foi minha vez de ficar com lágrimas nos olhos, e, por pura gratidão, redobrei meus esforços na escavação.

Após uma semana, o Sinhô estava bem melhor, já caminhava no entorno do acampamento e preparava o nosso almoço. E eu cavava; cavava e separava a terra do ouro, e me embrenhava cada vez mais no ventre da montanha. No escuro, frio e solitário buraco.

Após um mês, o Sinhô já se recuperara totalmente e nós tínhamos uma grande quantia de ouro. Um belo dia ele acordou, foi até a mina e me disse o seguinte:

- Encha este buraco com pedras, nós vamos embora, antes que apareçam mais bandidos, ou que algum cidadão venha procurar os dois por estas bandas.

Selamos o cavalo e as mulas. Destruímos o acampamento espalhando tudo pelo mato. Partimos sem olhar para trás após escondermos o ouro no meio de nossos pertences.

Após vários dias de cavalgada, sempre evitando estradas muito movimentadas; tabernas; vilarejos e afins. Chegamos à Fazenda de seu pai. Lá chegando, soubemos da morte do mesmo e que seu irmão mais velho tomara conta da Fazenda a partir da morte dele.

Sinhô, após descansar, foi à cidade grande falar com o banqueiro da família.

Enquanto isso eu fiquei alojado na senzala. O Sinhô teve o cuidado de avisar ao capataz que eu era de sua posse. E, portanto, só receberia ordens dele, e de mais ninguém.

O patrão ficou duas semanas fora, e eu já temia pelo pior, Quando um belo dia apareceu na porta da senzala me procurando, e após uma despedida rápida de seu irmão, saiu-se comigo, sem me falar aonde ou por que ia.

Cavalgamos durante semanas até que parou num vilarejo, onde havia um tabelião esperando-o, junto com o advogado da família.

Após um tempo relativamente curto, o Sinhô subiu em seu cavalo, e junto com o tabelião e o Advogado a tiracolo, saíram do vilarejo. Fiquei ali parado, olhando-os se irem, até que o meu Sinhô parou e com um aceno de cabeça, me convidou a acompanhar. Mais que depressa, subi no lombo de minha mula velha de guerra e os segui.

Depois de muito cavalgar, chegamos á beira de um riacho. O Sinhô o seguiu em direção a jusante, até que chegamos num campo lindo. Nesta hora o Meu Sinhô apeou e me chamando, apontou para aquelas terras dizendo:

- Estas terras, até onde a vista alcança, são minhas, foram compradas com o nosso sangue e suor, deixados nas entranhas daquela montanha. E como minha promessa, eis aqui sua carta de alforria. Tu és agora um homem livre, ninguém mais mandará em ti.

Abri aquele pedaço de papel. A única coisa que vi foi o sinete do Sinhô colocado em cima de sua assinatura. Mesmo sem saber ler, a palavra daquele homem bastava. Entretanto o Advogado se aproximou de mim e levantando a voz, me mostrou mais rabiscos dizendo:

- Vê; esta carta de alforria está assinada e juramentada, com certificação feita no Fórum.

Deste momento em diante eu era senhor de mim. Fui interrompido em meus devaneios com o Sinhô me perguntando:

- E agora? O que você vai fazer? José?

Respondi-lhe que não sabia. Fora escravo toda minha vida, nasci escravo, e não conhecia nada do mundo e nem ninguém fora da senzala.

- Ora; não seja por isso. Caso desejes podes continuar vivendo comigo, aqui onde construirei minha casa, afinal preciso de mão de obra. Mas não te preocupes, receberás um salário digno, e enquanto estiveres aqui, nunca te faltará alimento a mesa e nem um teto a te cobrir.

Às palavras me faltaram, chorava copiosamente. As lágrimas desciam quentes pelo meu rosto. O Sinhô e o tabelião, vendo meu estado, se afastaram, enquanto o advogado subia em sua montaria e voltava para a cidade. Deixando o canto dos pássaros e o vento como testemunhas de minha alegria.

Já refeito, ponderei sobre o convite que me fora feito, de que adiantaria sair dali, pois mesmo sendo alforriado, viveria esmolando, além de passar os meus dias tendo que mostrar e justificar a minha carta, sem contar que poderia a qualquer momento levar uma surra de um branco, pois negro sem proteção de um branco, é um Zé ninguém.

Procurei o Sinhô e expus os fatos. Concordando logo em seguida a ficar com ele, e ajudar a construir mais este seu sonho.

Montamos acampamento ali, e no dia seguinte chegou à madeira para construir esta casa, que foi nossa moradia enquanto a casa grande não focava pronta.

O Sinhô foi à cidade grande e de lá voltou com mais escravos e um capataz contratado.

Neste mesmo dia, começou a construção da casa grande e da senzala. Enquanto isso se desmatou para a plantação, O sinhô construiu um curral e logo chegou seu gado.

Após falar isso, José se aquietou, o que me deu chance de pensar em tudo o que fora dito, mas antes que eu pudesse falar, o negro continuou com sua narrativa, mas desta vez o seu tom mudara, ficando sério e carrancudo, disse-me:

- Olha. Eu nunca tive filhos, não que soubesse. Não tenho ninguém no mundo, os outros escravos me evitam. Por não saberem desta história acham que eu sou alcaguete, você e Maria são meus únicos amigos nesta terra. O que sou grato. Só vou pedir para que nunca conte a ninguém o que lhe falei. Pois prometi ao Sinhô manter segredo do ocorrido.

Após prometer que nada contaria, voltei para a casa grande, com a cabeça girando. Como a vida é engraçada, transforma escravo em rei como fizera com José, e rei em escravo como o ocorrido comigo.

A semana correu normalmente, eu sempre cuidado do jardim, José já sem forças, nem aparecia para olhar suas rosas. Mas nunca deixei de colocar as flores de Sinhá no aparador. Todos os dias eu escolhia as mais belas, e após fazer um buquê maravilhoso, colocava lá, para que quando ela descesse pelas escadas seu sorriso iluminasse a casa, como sempre fizera.

Todos os dias, como de praxe, na hora do almoço eu levava a refeição de meu amigo. Colocava-o sentado na cadeira e almoçávamos juntos. Um dia o encontrei pior que o normal, a sua voz era um sussurro, e não conseguia levantar da cama. Neste momento ele pediu para que eu me pusesse ao seu lado e entre sussurros falou que iria terminar a história começada por ele.

O que ele nunca contara era que o Sinhô lhe dava algum dinheiro de tempos em tempos para que ele comprasse o que necessitasse, em paga a promessa feita. Mas que ele, como pouco ou quase nada precisava, ia guardando o dinheiro para a posteridade.

O dinheiro era guardado embaixo do pé direito da cabeceira de sua cama, e que quando ele se fosse eu poderia pegar dinheiro para mim. Era a maneira de Le agradecer por tudo o que eu fizera. Pasmo com a revelação, não tive palavras durante um tempo. Após procurei animá-lo falando que logo estaria bom e cuidando do jardim como sempre fizera.

Pedi desculpas, pois tinha que voltar para o trabalho. Já terminara a hora da refeição e o Sinhô estava para "fazer o quilo" como sempre fazia, andando pelo jardim, em companhia da Sinhá e as crianças, e eu teria que estar trabalhando a esta hora.

Foi a última vez que falei com meu amigo, quando voltei à noite, José jazia sereno em seu leito. Finalmente o ex-escravo realmente se alforriava. Como dizia um ditado da época: "NEGRO SÓ SE LIBERTA QUANDO MORRE!".

No dia seguinte foi enterrado no cemitério dos negros, no alto do monte, do lado oposto ao do capataz.

"Escravo não tem tempo para chorar a morte!" com este dito, eu e Maria nos pusemos ao trabalho, pois o serviço não espera.

No domingo bem cedo, como costume de quando José era vivo, fui à casa do rio, só que desta vez eu iria limpar e arrumar a casa do meu querido amigo. Beber um pouco em sua homenagem e trancar a casa para devolver ao Sinhô. Pelo meio da manhã Maria entrou e sorrindo disse que tinha uma boa notícia para me dar, que conversara com Sinhá Rosa e ela concordara em falar com o Sinhô para eu morar na casa do rio como prêmio pela cura de Sinhazinha, e que hoje de manhã o Sinhô concordara, com a condição de que mantivesse a casa em bom estado de conservação.

Não coube em mim de contentamento, e após pular de alegria perguntei por que Maria não a pedira para si, a resposta veio rápida:

- Eu dormira a vida toda no chão, na minha esteira de palha ao lado do fogão, tenho que acordar muito cedo para preparar o café dos Sinhôs. E caminhar no escuro é difícil para uma velha. Além de tudo isso a Sinhá ou as crianças podem precisar de mim no meio da noite. Portanto a melhor escolha é você, que era amigo do falecido e ficou ao seu lado até o seu último suspiro. Nada mais justo, já que durante todo este tempo tu cuidaste dele, foste amigo, irmão e confidente. A casa é sua, bem como tudo o que está aqui dentro.

E dizendo estas palavras, Maria perguntou se eu não iria lhe oferecer um trago para brindar. Após o brinde, me indagou por que eu nunca casara, disse-lhe que eu nunca iria me afeiçoar a ninguém, pois a nossa vida era dura, e o Sinhô poderia nos vender a qualquer hora. Além do mais nunca colocaria uma criança no mundo por que o seu destino seria triste e doloroso. A cozinheira me deu razão, perguntei-lhe como chegara na família, Maria me explicou que tinha sido comprada nova ainda, no mercado, era criança quando a mãe da Sinhá Rosa a comprara, e desde então estava com a família, que ajudara a cuidar de Sinhá e quando ela fora prometida em casamento ao Sinhô, fora dada como presente de casamento à Sinhá Rosa pela sua mãe, e desde então tenho cuidado da casa e das crianças.

A cachaça soltara a língua da negra e ela destrambelhou a falar. Começou contando que a Sinhá tinha um coração enorme e Sinhazinha era igual, mas que o Sinhô, por trás de sua fachada era um homem bom e justo, e Sinhá sabia como quebrar a sua casca, por isso ela e José conseguiram me levar para trabalhar no jardim e ele me deixara usar a casa.

Depois de conversarmos um pouco, A cozinheira retirou um pedaço de sabão do seu bolso e me entregou avisando que era para lavar as roupas de cama.

Saiu rindo e dando adeus. Ao ver-me só, aproveitei para colocar meus pensamentos em dia. Olhando à minha volta vi a modesta morada, mas ainda muito melhor que a senzala. Tinha um catre com um colchão velho e surrado de capim, um cobertor meio puído, uma mesa velha, com a perna remendada, uma cadeira, um prato feito de barro, uma moringa também de barro, feitos por José, o cachimbo do falecido, que eu resolvera colocar num nicho na parede, como recordação do valioso amigo, um fogão a lenha, que também fora feito por ele num dos cantos da parede. Por sinal era o único pedaço da casa em que uma parte da parede era feita de pedra. O fogão, além de fazer comida, ajudava a esquentar nas noites frias. Na parte de trás da cama, José colocara uma madeira saliente de fora a fora da parede que servia de armário, despensa, e repositório em geral. Bem em cima, na cabeceira da cama, existia uma imagem do Cristo crucificado, entalhada pelo meu amigo falecido.

O casebre em si era simples e possuía um cômodo só, com a porta, uma janela na parte da frente e uma na lateral. Esta era a minha nova morada.

Fui ao rio para lavar as minhas "roupas de cama" que consistiam dos cobertores, o do José e o meu.

Aproveitei para ficar ao sol, olhando a paisagem e sentindo o vento.

No dia seguinte cheguei cedo à cozinha e após o desjejum fui ao jardim para os meus afazeres.

Desde que fui alçado à condição de jardineiro, sempre que podia, escondia restos da comida em minha roupa, ou pegava coisas na horta e após um sinal combinado, jogava no rio e um moleque pegava na parte mais baixa, escondendo na mata para buscar à noite, mas sempre que dava a carne ou os miúdos eram surrupiados na cozinha e levados para a senzala, no meio do lixo do dia.

Por sorte, a Sinhá quase nunca ia a cozinha e Maria, sabendo desta minha "mania" saía e mandava as ajudantes fazerem algo, de maneira que eu ficava por alguns momentos sozinho na cozinha. Nestes momentos aproveitava a despensa "esquecida" aberta por Maria e retirava o que mais se necessitava: sal, açúcar, café, farinha, sempre no intuito de ajudar os meus amigos menos afortunados da senzala.

PEGO! Um dia, aproveitando a hora do almoço, em que Maria e as negras ajudantes ficavam perto da mesa para servir os Sinhôs, entrei rapidamente à despensa para pegar algo. Entretanto por um motivo qualquer Sinhá, ainda não descera do quarto, e quando o fez, não foi diretamente para a sala de jantar, mas sim para a cozinha achando que Maria ainda estava por lá. Ao entrar viu a porta da despensa aberta, e dentro este negro a pegar algo. Quando a vi quedei imóvel e sem palavras, baixei os olhos e caí de joelhos. Sinhá olhou-me e viu que em minhas mãos havia um pouco de café e sal. Na minha cabeça já via o meu castigo, as malfadadas palmatórias e como complemento a volta para a lavoura. Sinhá chamou Maria, pela porta mesmo e eu senti uma lágrima correr em meu rosto, o medo da surra não era maior do que a tristeza por ter decepcionado aquela doce alma. A tristeza pela decepção era o meu maior castigo.

Maria entrou na cozinha e ao ver-me de joelhos entendeu tudo, tentou balbuciar uma desculpa pela porta aberta, mas Sinhá calou-a num gesto. Em ato contínuo disse:

- Vamos ver o que ele tem a explicar: José, para que você está pegando estes itens?

Levantei minha cabeça e fitei os seus olhos amendoados a me encarar, era um misto de candura e tristeza, como eu poderia mentir para aquela pessoa? Como? Neste momento resolvi lhe contar tudo, não conseguiria decepcioná-la novamente, mesmo que isso significasse uma surra e minha volta para a lavoura como um expurgado. Contei-lhe tudo, que algum tempo aproveitava e sempre que dava levava comida para os negros na senzala, o quinhão que ganhavam era pouco para sustentá-los, que nunca pegara nada para mim, pois eu ali comia bem e não necessitava de nada mais. Contei da vida miserável que eles passavam entre a inanição e a fome. Falei das crianças famélicas, muitas vezes chorando à noite pela barriga vazia, após ser trancado na senzala, e o nosso caldeirão ficar inalcançável.

Disse que qualquer castigo que Sinhá me desse seria merecido, e nenhum deles seria maior que a dor de tê-la decepcionado em meu peito. Que nunca esqueceria o seu olhar de tristeza e decepção ao ver-me dentro da despensa.

Sinhá mandou Maria trancar a despensa e virando-se para mim mandou esperar ali mesmo, enquanto ela e a família almoçavam e saiu.

Nunca o tempo demorou tanto para passar, até que finalmente o Sinhô saiu com as crianças para fazer o quilo. Sinhá dando uma desculpa qualquer ficou na casa. Assim que ela chegou à cozinha, me mandou chamar o capataz. Saí antevendo a minha surra, mas mesmo assim, obedeci.

Retornando com o capataz encontrei a Sinhá sentada e Maria de pé ao seu lado com uma cara espantada. O capataz se apresentou e sem se fazer de rogada, Sinhá Rosa falou que já era hora dela se inteirar das coisas da Fazenda. Começando pela senzala, pois nunca fora lá. O capataz dando um pulo de susto disse que não era costume das mulheres irem lá, que não era lugar para uma dama, que se o Sinhô soubesse ele iria ser passado na chibata, que a Sinhá não fizesse isso com ele não, ele era um bom capataz, obediente, mas que não podia fazer isso sem a autorização do Sinhô. Sinhá Rosa, com seu jeito tranquilo e sua fala mansa, simplesmente falou que iria com ele ou sem ele, e ele é que escolheria, pois já estava de saída.

Juntando os atos as palavras, saiu pela porta fora, mas não sem antes chamar Maria e a mim.

Saí, e atrás de vinham mim a escrava e o capataz, este meio a contragosto. Ao chegarmos à frente da senzala, a primeira coisa que Sinhá viu foi o caldeirão, ainda quente, com as sobras de nosso almoço. A pós mexer com uma colher fez uma cara de asco e virou as costas, entrando na senzala. Pude ver pelo seu rosto, a cara de nojo pelo cheiro exalado de lá de dentro. Dos corpos suados, pela condição insalubre a qual éramos submetidos. Mexeu aqui e ali, perguntou alguma coisa em voz baixa à Maria, e saiu com a cara fechada, decidida a algo que não poderíamos antever.

Fiquei o resto do dia esperando o meu veredito. Trabalhei no jardim, mas com a cabeça dentro da casa, até que pelo fim da tarde, Sinhá mandou me chamar e ao entrar na cozinha ela lá estava reunida com Maria. Passou-me um pito, disse que roubo era pagável com palmatória e que eu poderia voltar para a lavoura. Respondi que sabia e que esperava o meu veredito, mas que era por uma boa causa. Com brandura, Sinhá disse que sabia e que admirava meu feito, correr um risco deste para amenizar o sofrimento do meu semelhante, mas que de hoje em diante toda vez que um negro precisasse de algo era para lhe falar. Prometi que assim seria. Dando a conversa por encerrada, lembrou que era preciso guardar segredo, pois se o Sinhô soubesse do ocorrido ela não poderia me ajudar.

Já estava dando o assunto por esquecido quando o Sinhô precisou se ausentar por alguns dias para vender gado, Devendo retornar somente na outra semana. Tão logo o patrão saiu, Sinhá me mandou ir à olaria e pegar todos os tijolos que sobraram da construção da capela e trazer para os fundos da casa. No domingo bem cedo, Sinhá apareceu na cozinha e enquanto tomava seu desjejum me apressava e dava ordens à Maria para o almoço.

Ao raiar do dia Rosa já estava pronta, e eu de acordo com suas ordens reunira os escravos na frente da cozinha. Sinhá aparecendo à porta mandou distribuir um pouco de leite e pão para todos, mas que comessem rápido, pois o dia seria longo.

Tão logo acabamos de comer, Sinhá saiu marchando em direção à senzala nos chamando.

No caminho fui nomeado chefe e sem saber de que, perguntei a Sinhá, mas ela só sorria, mantendo o mistério, igual criança prestes a fazer uma traquinagem.

Lá chegando deu a conhecer os seus planos. Daquele dia em diante a senzala teria um fogão à lenha dentro da casa, para termos sempre comida quente e aquecimento nos dias frios. Seria caiada por dentro e uma vez por ano a caiação se repetiria. Construiríamos uma parede dividindo uma parte da peça para dar privacidade ao banheiro. E a partir dali todos os domingos a senzala deveria ser lavada por dentro. O chão de pedra seria substituído por chão de tijolos, mais quente no inverno, e caberia a nós fazer isso.

Portanto o tempo urge! Separei a turma em grupos. Enquanto uma equipe trazia os tijolos; outra já caiava a parte mais extrema da parede; outra equipe preparava a massa para unir os tijolos, enquanto uma última limpava a parte de dentro da senzala abrindo um buraco onde ficaria nosso fogão.

Nunca trabalhamos com tanto afinco e disposição, e se não nos lembrassem do almoço, ninguém pararia.

O coração puro e belo independe da época em que o espírito encarna, dava gosto de ver a Sinhá, ora estava emitindo ordens, ora estava brincando com as crianças negras. Dava um pitaco aqui, outro acolá, parecia uma criança se divertindo, a sua alegria era contagiante e todos trabalharam com humor e disposição. Naquele dia Sinhá arrumou em mim mais que um amigo, arrumou um irmão e prometi a mim que tudo faria para proteger e ajudar esta mulher, que enquanto vivesse jamais sairia do seu lado, ela nunca ficaria só enquanto estivesse encarnado.

O dia se passou e ao final tínhamos uma nova senzala. Sinhá, chamando-me, disse que ia para casa, pois estava cansada e que Maria ia junto, pois estava desejosa de um banho e um chá quente com bolo.

Agradeci do fundo de minha alma, e tomando caminho oposto fui para meu casebre descansar.

Os dias passam e ainda hoje, ao recordar daquele tempo, só me vem à mente os olhos tenros, o sorriso puro e o coração imaculado de Rosa, um espírito que veio ao mundo somente para amenizar o sofrimento dos outros, um anteparo para os momentos difíceis, e se mais não fez, foi por que não pôde.

Antes de Sinhá ir, reuniu todos os escravos e nos fez um pedido, contou que ao pedir para o Sinhô o mesmo disse não, que ela era louca de dar "mordomia aos negros, que ficariam preguiçosos e lerdos além de mal-acostumados". Após muita discussão, o Sinhô aquiesceu, mas lembrou-lhe que se a produção caísse ou os escravos ficassem molengas, a responsabilidade seria exclusivamente dela.

Portanto ela solicitou que nós sempre trabalhássemos como nunca, que nos dedicássemos ao máximo aos nossos afazeres, somente assim ela poderia justificar novos "luxos" e "mordomias". Todos nós concordamos e desde este dia os escravos da Fazenda Estrela eram os melhores, acordávamos antes do nascer do sol e quando o capataz abria as portas todos estavam de café tomado, prontos para a labuta do dia.

Na semana seguinte Sinhá, após a missa, me mandou descarregar a carroça que chegara da cidade com gêneros e mantimentos para a casa. Para o meu espanto dentro da mesma havia uma quantidade fora do comum de cobertor e ela, ao ver-me boquiaberto, ordenou que distribuísse um para cada homem, mulher ou criança da senzala, mas não sem antes pegar para mim.

Dentre as melhoras implantadas por Sinhá, uma delas foi aumentar a cota de gêneros e incluir dentre estes frutas do pomar uma vez por semana.

Um dia Maria contou que o Sinhô acabou aprovando tudo que Rosa fizera. Pois percebeu uma melhora na disposição dos escravos, sem falar na saúde. Há muito tempo não via escravo doente nem fazendo corpo mole. O ambiente melhorou e até mesmo na lavoura podiam-se ouvir os negros cantando. A sua produção de açúcar subiu e a qualidade aumentou, os animais estavam muito bem cuidados, a colheita da cana se processava rapidamente, resumindo: A Fazenda Estrela nunca dera tanto lucro.

MENINO MAU

Enquanto Sinhazinha crescia em beleza e em bondade, o Sinhozinho crescia em maldade, não se entendia como o menino poderia ser tão diferente da irmã, era teimoso, genioso e muito malvado, parecia que a maldade vinha de dentro do garoto. Desde pequeno judiava dos negros, normalmente batia nos negrinhos e se divertia atirando pedra neles, quando Sinhá via, ralhava com ele, mas ele sorria e saía correndo para aprontar em outro lugar. Um dia o menino se escondeu na varanda e quando um dos escravos passou no caminho saltou e tascou-lhe uma paulada na cabeça. Sinhá Rosa, ao saber do ocorrido foi perguntar-lhe o porquê de tal atitude, e o menino respondeu:

- Por que não? É só um negro mesmo.

Neste dia Sinhá colocou o menino de castigo no milho de frente para o oratório. Aliás, esta foi a única vez em que o menino ficou de castigo na vida.

Uma das "brincadeiras" prediletas do garoto era a de feitor-escravo, pegava um dos guris negros, junto com o capataz, e o amarrava no pelourinho. Dava-lhe de relho, e, rindo, dizia impropérios e maledicência para o pobre coitado, por "sorte" dos supliciados, o garoto tinha pouca força e o capataz permitia somente umas duas ou três chibatadas, mas os fazia chorar de dor e servia para deixar transparecer a ruindade do Sinhozinho.

Já rapaz demonstrava todo o nojo e ódio que sentia pelos negros, normalmente se dirigindo a nós através de impropérios e insultos. Sempre que montava ou descia do cavalo chamava um negro que estivesse por perto e o mesmo ficando de quatro ao solo, servia de banco para a descida ou subida.

Logo começou a percorrer a Fazenda com o pai, para aprender a administrar, mas era nítido o seu contragosto, o que ele gostava mesmo era de ir a cidade, e uma vez lá, sempre aprontava alguma.

Um dia, o Sinhô foi surpreendido com o guarda real batendo na Fazenda, trazendo o Sinhozinho, que se metera em uma briga após uma noite de bebedeira e festa. Tão logo o guarda real se foi, o rapaz recebeu uma reprimenda do pai, ficando as suas idas para a cidade condicionadas a um acompanhante.

Tal fato obrigou-o a ficar mais na Fazenda e ela não escondia o tédio que sua vida se tornara. Coitado do negro desavisado que cruzasse seu caminho nestes dias podia contar que lá vinha surra! As coisas só melhoraram quando um dia no jantar, Sinhô avisou que o rapaz iria frequentar a faculdade em terras lusas, local onde Sinhá possuía parentes. O moço não cabia em si de júbilo, antevendo já os dias idílicos que passaria em Portugal, os parentes lá residentes tinham providenciado tudo para a estadia do mancebo.

No dia da partida, um alvoroço só, desde as primeiras horas da manhã, um entra e saí sem fim, finalmente chegara o dia da partida do Sinhozinho. Sinhá Rosa, com os olhos mareados, corria de um lado para o outro, coordenando os últimos preparativos, e para nós a festa era maior, pois um dos carrascos iria partir.

Após a partida a vida na Fazenda foi voltando à normalidade, entretanto Sinhá Rosa era vista de vez em quando na sacada com o olhar longe.

DIAS DE FESTA E DE DOR

Os dias passaram sem muita novidade. Corriam pachorrentos como a água do córrego. Veio a estação das chuvas e passou, deixando a estrada em estado lastimável, até que o Sinhô me mandou com mais meia dúzia de escravos para nós consertarmos e arrumarmos a mesma, pois estava prejudicando o escoamento da produção da Fazenda. Esta foi a grande novidade destes dias, mas como se diz "antes da tempestade, vem a calmaria", ditado mais certo não há para relatar o acontecido. Ao rememorar o ocorrido, não sei como a família se manteve tão coesa, mas não nos antecipemos aos fatos.

Um dia, quando cuidava das rosas plantadas ao longo do caminho, pude ver no alto da colina que antecede a entrada da Fazenda, um cavaleiro a galope, e antevi notícia ruim, não podia estar mais errado. O cavaleiro passou e parando de supetão na porta da residência, esperou autorização para entrar. Logo saiu do mesmo jeito que entrou e depois de um tempo, fui chamado à cozinha, onde a Sinhá já me esperava.

Pude ver que ali já estavam reunidos o capataz, Maria, eu e o escravo da estrebaria.

Sinhá foi lacônica e nos avisou que seu filho estava vindo de Portugal para passar férias no Brasil, e ela queria tudo pronto e arrumado do jeito que ele gostava; as comidas preferidas, o cavalo sempre selado na primeira hora da manhã. Que eu colocasse muitas flores pela casa. Queria que tudo estivesse perfeito para receber o jovem mancebo.

O semblante dela mudou. Era outra mulher, o viço voltara às suas faces e o sorriso ganhara brilho, nós corremos para que tudo saísse perfeito. O Sinhô, por ordem dela, mandara pintar a fachada da casa e o quarto do Sinhozinho ganhara pintura nova.

Durante neste meio tempo, Sinhô, como de costume à época, resolveu aproveitar que seu filho estaria no Brasil de férias e marcou a data do casamento de Sinhazinha, que agora era moça feita, e crescera não só em beleza, mas também em virtudes e em coração. Se Sinhá era boa com os escravos, Sinhazinha também, chegando às vezes a interferir nos castigos a serem aplicados por mando de seu pai.

O noivo de Sinhazinha era uma descendente de uma família tradicional em Portugal, chegando ao Brasil num dos navios da corte do Rei João. Era o que faltava para dar um ar de nobreza a família.

Os dias que antecederam foram extremamente cansativos e dolorosos para alguns, era constante o escutar do estalar da chibata, quando o capataz achava que algum negro fazia corpo mole. Todos trabalhavam do dia clarear até o sol se por e às vezes até depois.

As negras cuidavam das roupas: lavando, branqueando e passando um monte de lençóis, Toalhas, vestidos, etc.

Os negros que cuidavam do gado e dos porcos ganharam reforços, para dar conta dos animais que chegaram a fim de serem abatidos. Chegaram neste tempo: codornas, perdizes, galinhas, tantos outros animais para complementar. Vieram da cidade dois barris de vinho da melhor qualidade. Ficou acertado que Sinhazinha passaria a lua de mel na França, com seu marido e ao retornar moraria na cidade grande. Pois seu esposo era advogado e trabalhava lá. O casório foi marcado para o dia do nascimento do nosso salvador Jesus, pois a família estaria reunida.

Apesar de todo alvoroço, não deixei de notar que Maria andava acabrunhada pelos cantos. No começo achei que era tristeza por ficar sem a "sua menina" que iria se casar. Mas depois notei que era algo mais. A negra se demorava mais que de costume para cozinhar, e normalmente estava com cara de dor, mas se via observada, disfarçava e voltava ao normal. Não aguentando, perguntei-lhe o que lhe ocorria, e em tom de chacota, perguntei se era velhice.

A minha grande amiga deu um suspiro e baixando o olhar me contou da dor que sentia há tempos em suas costas, pés e mãos. Que junto com a dor, se sentia muito cansada e não sabia mais o que fazer, pois passara a vida toda na cozinha e não se via sendo jogada para a senzala como um trapo velho, que não se usa mais.

Pedi que esperasse um pouco, fui até o rio e peguei a casca do chorão e após fazer chá, mandei que tomasse. Depois de algum tempo o sorriso voltou ao seu rosto. Apesar de tornar a beberagem diária, e com ela o alívio de suas dores, percebi que algo mais a incomodava. E um domingo em que ela fora no casebre, perguntei-lhe o que se passava em seu coração. A cozinheira após um suspiro me contou que nutria um sonho que todo o negro tinha àquela época, o sonho da liberdade. Cativa nascera e pelo visto morreria cativa, pois por melhor que fosse sua vida e por boa que Sinhá fosse a sua liberdade não dependia dela, mas sim do Sinhô e ela nunca seria liberta.

A morte já se avizinhava, ele podia sentir nos seus ossos, mas a sua liberdade se mantinha somente um sonho de menina. Ela perdera completamente a esperança.

Após a sua saída, passei a meditar sobre o ocorrido e depois de muito sopesar, cheguei a conclusão de que valia à pena gastar o dinheiro guardado durante anos pelo falecido José para comprar a liberdade dela. Com a certeza que se meu amigo vivo fosse aprovaria a ideia.

Guardei segredo, mas esperei um dia em que fui colocar as flores adoradas por Sinhá no aparador, e sob o pretexto de arrumá-las fiquei por ali, esperando que ela descesse as escadas.

Tão logo Sinhá desceu as escadas, pedi-lhe licença para falar-lhe, e ela, aquiesceu intrigada e preocupada. Entretanto gostaria de falar em um local longe de curiosos. Não queria que me ouvissem falando, afinal paredes têm ouvidos! Para conseguir a liberdade tão sonhada, muitos poderiam fazer qualquer coisa. Infelizmente o sofrimento revela o que há de melhor ou pior nas pessoas.

Sinhá, após o seu desjejum, e com a desculpa de me orientar na jardinagem foi me ver lá fora, onde narrei o acontecido. Disse que Maria estava com sérios problemas e piorando a cada dia. Narrei o seu medo de ser jogada para a senzala, de suas angústias. Sinhá, quase em prantos, prometeu que Maria nunca iria para a senzala, pois a família devia muito a ela, fora ela quem trouxera e criara seus dois filhos. Sempre procurou cuidar com zelo e dedicação da casa, sendo inclusive a responsável pela despensa.

Aproveitei a deixa para contar-lhe de meu plano, e ao ser indagado de onde conseguira o dinheiro, disse que o bom e velho José o guardara desde novo.

Sinhá sorrindo, me elogiou pela bondade, mas cortando-lhe eu lembrei que o bem com o bem se paga, se a minha situação hoje era confortável, em relação ao ontem, era devido a ela, a Sinhá e ao falecido José que muito me apoiaram. Além do mais quem sabe eu poderia ainda juntar dinheiro para a minha alforria?

Sinhá Rosa me falou que iria conversar com o Sinhô, pois estes assuntos eram tratados somente com ele, mas que uma negra velha e já sem saúde não deveria custar tanto. Que fosse colocada a quantia no aparador de manhã bem cedo e ela veria o que podia ser feito.

Coloquei todo o dinheiro no aparador, mas Sinhá após contar, disse que era pouco, pois o necessário ficava perto dos 300 mil réis. Na hora uma tristeza se apossou de mim, a quantia guardada não chegava nem perto do que era necessário. Sinhá, vendo a minha tristeza transparecer, disse para confiar, que eu destinasse o valor e ela veria o que poderia ser feito.

Uma semana se passou, sem notícias de Sinhá ou do dinheiro, e eu seguia silente e trabalhador, como se nada houvesse acontecido. Até que no domingo, um pouco depois da missa, Maria visitou-me no casebre com uma alegria contagiante e me abraçando não parava de agradecer e chorar. Chorava copiosamente com sua carta de alforria em mãos. Peguei um pouco de cachaça para brindar a ocasião e ela, já mais calma, me chamou de louco perguntando por que eu não destinara esta quantia para a minha alforria. Respondi que ela precisava mais que eu, que era minha amiga e que amigos eram para estas coisas, afinal eu devia mais a ela que poderia pagar em uma vida. E José com certeza aprovaria meu ato.

Perguntei o que ela, livre, iria fazer. A cozinheira me contou toda a história, disse que depois da missa, enquanto o Sinhô conversava com o pároco e os convivas no salão grande, Sinhá fora a cozinha e entregara a carta, assinada e juramentada pelo Sinhô, e deu a proposta que ela continuasse na cozinha, como sempre fizera enquanto fosse viva, caso ela desejasse, que daquele dia em diante ela era liberta. Dormiria num quartinho contíguo à despensa, que seria feito desde já, e teria sua própria roupa de cama e sua cama.

Maria agradeceu entre choro e soluço, no entanto Sinhá lhe dissera que o mentor fora eu e lhe contara a história toda.

Início de dezembro e Sinhozinho chegara. Por determinação de Sinhá todos os escravos da casa estavam reunidos na porta, aguardando a carruagem, tão logo a mesma parou, corri para pegar a bagagem. Calhou de ser bem na hora que o Sinhozinho descia, e ao ver-me, deu uma tapa no meu ombro dizendo:

- "Ainda esta vivo, Joaquim?" sem esperar resposta, saiu rindo de sua piada, não tive mais contato com o rapaz após este dia, para falar a verdade, evitei o contato, o rapaz mudara muito, perdera o ar de garoto e passara a ter um ar de homem. Mais responsável, entretanto por dentro continuava mau.

Todos os dias pela manhã, o rapaz levantava cedo e após o desjejum saía para percorrer a Fazenda com o pai, voltando ambos pelo meio do dia, almoçavam e tiravam a sesta.

E assim foi até o dia do casamento, onde o Sinhô decretara três dias de festas. O casório fora realizado na capela da Fazenda, e Sinhazinha não poderia estar mais bonita e radiante. Terminada a cerimônia, a festa começou, e eu fora designado a ajudar na cozinha. Foram três dias de comida e bebida abundantes, os convidados se revezaram durante os dias. Cada dia uma nova celebridade, e para os que não aguentavam ir embora, fora providenciado quartos ou barracas do lado de fora da casa, dependendo da posição social. Mas todos tinham direito a um lauto desjejum, para os que dormiam no quarto, o desjejum era no salão nobre e os da barraca, do lado de fora, onde se montou uma grande mesa.

Dei graças à Deus quando chegou o último dia. Passara os dias dormindo pouco ou quase nada, sempre providenciando alguma coisa, carne, vinho, cachaça, frutas e o que mais me fosse ordenado, não sei como Maria aguentou e quando perguntei como resistira, ela respondeu que pela Sinhazinha faria qualquer coisa.

No dia seguinte, após a festa, Sinhazinha, agora mulher casada, junto com seu marido, embarcaram para os trinta dias de lua de mel.

Os dias voltaram ao normal, com Sinhozinho e o Sinhô passeando a cavalo, até que num dia de chuva forte, Sinhô resolveu ficar, mas o rapaz, com os arroubos da juventude, decidiu-se ir mesmo assim. Apesar de seus pais serem contra.

Meio dia chegou e passou e nada do Sinhozinho. Uma hora, duas e nada! Quando deu a hora do chá da tarde, o Sinhô, preocupado, chamou o capataz e mandou selar seu cavalo, criaram uma busca com os cativos liderados pelo capataz e seu bando. O Sinhô mesmo liderou uma turma, enquanto Sinhá, como de costume, fora rezar na capela.

O rapaz fora encontrado quando o sol ia pelo ocaso, ao lado de uma ravina. Numa picada pouco usada que levava ao cafezal. Estava desacordado e seu cavalo pastando por perto. Havia um pouco de sangue onde o rapaz caíra. Foi improvisada uma maca e o transportamos para seu quarto.

Sinhá foi a primeira a chegar e vendo o filho inerte sem resposta a estímulos, desandou a chorar, sendo amparada por Maria e retirada do local. O Sinhô saíra a galope atrás do médico e do Cura. E Maria, retornando, pediu-me para olhar o rapaz.

Fui franco, disse-lhe que poderia acordar a qualquer momento, não acordar nunca ou morrer, que estava nas mãos de Deus, e somente ele poderia fazer algo pelo garoto.

O capataz nos contara que provavelmente o cavalo se assustara com os trovões ou com relâmpago, empinando e jogando Sinhozinho no solo, batendo a cabeça.

Pedi para que sua cabeça fosse colocada mais alto que o resto do corpo, as vestes afrouxadas e o quarto ventilado, mas nada mais poderia ser feito.

Saí para cuidar do jardim, pois o tempo não para, e eu, por mais que desejasse ajudar, nada podia fazer.

Sinhá Rosa deixando recomendações para ser chamada a qualquer momento em caso de mudança da situação. Se trancara na capela como sempre para rezar por um milagre. Nem para comer quis sair.

Após somente três dias passados o Sinhô retornou com o médico. O Doutor examinou o garoto e praticamente falou a mesma coisa que eu, somente disse na linguagem de homem culto. Entretanto, deu um fino fio de esperança. Disse que havia uma técnica chamada na Europa de trepanação craniana. Ele mesmo já utilizara em um escravo cujo um tronco caíra em sua cabeça. Foi por acaso, pois me encontrava na Fazenda em visita. Pediu ao dono do escravo que o deixasse experimentar a cirurgia. O escravo reagiu bem, mas devido aos humores do sangue, veio à falecer dois dias depois.

Sinhô, estupefato, disse que nunca permitiria a abertura da cabeça de seu filho, que se fosse à vontade de Deus ele ficaria bom, mas se não ele seria levado inteiro. Jamais sujeitaria o seu filho a isso, ele nunca se perdoaria.

Dois dias depois o estado do rapaz piorou e o Padre deu-lhe a extrema unção. À noite sobreveio o falecimento.

A casa mudou. O semblante de Sinhá, antes sorridente, murchara, parecia que sua vida se esvaíra junto com a do rapaz. O Sinhô ficou taciturno, andando de um lado para o outro, sempre nas sombras, após o enterro, realizado no cemitério da cidade. Sinhá vestiu luto e nunca mais tirou.

Sinhazinha chegou algum tempo depois. Nem bem aproveitara sua lua de mel. E, ao chegar, me pediu para acompanhar o marido e ela até o cemitério, coisa que fiz de bom grado. Assim que nós chegamos havia um aviso proibindo a entrada de negros. Dessa maneira, fiquei do lado de fora, pois neste país negro não entra em cemitério de branco. Pura besteira! A Morte iguala todo mundo. Do mais rico ao mais pobre; do inteligente ao burro e do branco e o negro. Todos morrem e se decompõem. Na frente de Deus o homem é medido pela quantidade de bem que semeou no mundo. E não pela fortuna ou cor de sua pele. Após um tempo que pareceu uma eternidade, ela retornou com o semblante carregado e os olhos vermelhos de tanto chorar.

No dia seguinte a Sinhazinha e seu marido, o Sinhô Roberto, reuniram todos os escravos em frente ao patíbulo. A Sinhazinha nos disse que dali em diante o Sinhô Roberto e ela iriam tocar a Fazenda até que seu pai se recuperasse. Que nada mudaria e as ordens dadas pelo seu pai seriam mantidas.

Após o acontecido, Sinhá Rosa virou um fantasma, perambulava pela casa sem falar. Sempre vestindo luto e muitas vezes chorando.

Frequentemente era vista se encaminhando para a capela onde passava grande parte do dia.

O cabelo e a barba do Sinhô embranqueceram, o seu semblante ficou pesado, a sua voz fraca e resmungara todo tempo que ele perdera a continuidade de seu nome, o nome de família morreria com ele.

Apesar disso, o Sinhô Roberto e Sinhazinha se empenhavam em trazer as coisas à normalidade, o trabalho na Fazenda corria solto. Para nós nunca era feriado, somente parávamos, como de costume, aos domingos, onde a missa era obrigatória e após nossa tão esperada folga.

Sinhô Roberto devido aos contatos que possuía na corte, conseguira fechar ótimos negócios de venda do gado, de açúcar e café para os soldados que lutavam na guerra do Paraguai. A Fazenda viu uma prosperidade que nunca vira, as coisas iam cada vez melhor. Nunca se lucrara tanto como naqueles dias. O governo brasileiro pagava em dia, era só levar a produção que o pagamento saía.

Com esta bonança, Sinhazinha teve uma grande ideia, que pôs logo em prática. Trouxe uma moda da Europa e aplicou na Fazenda. Todas as tardes ela dava um sarau, onde se lia poesia, cantava e tocava-se piano. Tudo isso regado a chá com bolos, biscoitos e outros comes e bebes. Sinhá Rosa adorava estes encontros, era o seu momento. Onde dava vazão a sua tristeza; Conversando, declamando uma poesia e até mesmo cantando. Com isso, o ambiente da Fazenda se desanuviou e Sinhá Rosa e o Sinhô apresentaram melhoras no humor e temperamento.

Houvera tanta melhora que Sinhazinha resolveu comprar para a mãe e pai uma passagem para Portugal, onde visitaria seus parentes distantes.

Em princípio o Sinhô ficou meio preocupado com a Fazenda, mas vendo o modo que seu genro e filha a administravam; vendo o lucro que a mesma dava em relação ao passado, resolveu ir, e este passeio levou cerca de seis meses.

Durante este período, o Sinhô Roberto tocara a Fazenda e fechara ótimos negócios com o governo. Aproveitara-se da guerra da cisplatina e passou a vender charque; fumo; café; açúcar; melado, e o que mais a Fazenda possuísse.

Trabalhávamos como nunca. Mas ninguém reclamava. Os castigos foram rareando e era difícil ver um negro sendo castigado. A nossa alimentação melhorou graças à bondade de Sinhazinha. Que nos permitiu cultivar na nossa horta coisas antes proibidas. Tais como: Batata; milho; feijão. E ela chegara mesmo a permitir que um escravo, velho demais para a colheita de cana, tomasse conta da nossa plantação.

Após seis meses, o Sinhô e Sinhá retornaram de Portugal. A Sinhá ganhara até mesmo peso e cor, e o ambiente se desanuviava. Mas era comum ver do meu velho casebre, à noite uma luz bruxuleante de lampião iluminando o caminho. Eu sabia que era a Sinhá Rosa, a espera que seu pesadelo terminasse e o seu filho aparecesse galopando em seu cavalo. Nestas horas, sem que ela percebesse, eu ia pé ante pé pelo caminho. Ocultava-me no mato e a vigiava. Ate que, exausta, se recolhia para a casa grande.

À fora este pequeno detalhe, às coisas aos poucos voltavam ao normal. Mas o destino foi cruel com esta família. Deu-se nova desgraça. Sinhô sentiu uma dor no peito logo após o almoço e antes que o doutor pudesse chegar a Fazenda, deu-se sua passagem.

Novo choque, nova dor, novo enterro. Desta vez pensamos que Sinhá morreria também, foram meses de mutismo, sem sair de seu quarto. As únicas pessoas que podiam entrar lá era sua filha e Maria.

Um dia, ao fim da tarde, justamente quando recolhia minhas ferramentas de jardinagem, vi Sinhá Rosa passando em direção à capela. No começo fiquei feliz. Pois finalmente ela saíra do quarto. Mas comecei a me preocupar quando ao sair para iniciar meu dia, bem no canto do galo, vi-a saindo da capela em direção a casa grande. Para meu espanto ela passara toda á noite na capela. Provavelmente rezando. Durante meu café contei a Maria o ocorrido, e pedi que levasse o café para Sinhá Rosa. Maria olhou-me por um momento, preparou o café de sua Senhora e amiga, subiu as escadas e logo depois escutei a porta do quarto sendo aberto.

Mais tarde Maria me contou que Rosa se deitara vestida do jeito que estava, e que a cozinheira, após tirar suas roupas, vestiu-lhe uma camisola. Deu-lhe o seu desjejum e a obrigou comer com palavras doces.

Maria esperou Sinhazinha acordar e contou-lhe o ocorrido. Sinhazinha saiu com um ar preocupado e foi até o quarto de sua mãe. O que foi falado não se sabe.

Após este episódio, todos os dias por volta do mesmo horário, Sinhá saía e caminhava até a capela, lá ficando até o dia alvorecer.

Por consideração àquela mulher sofrida; por amor fraterno; caridade e por medo de que algo lhe acontecesse, Eu ia à capela tão logo meu trabalho estivesse terminado. Ficando de plantão em frente à porta esperando Sinhá Rosa aparecer. Quando ela chegava, me dava uma boa noite, um sorriso triste e se trancava na capela. A fim de passar à noite de vigília, eu levava a minha esteira e uma manta. As estendia na soleira da porta, de maneira que quem quer que entre ou saia tenha que passar por mim.

Maria, sabendo deste meu ato, mandava uma de suas auxiliares com uma janta todas as noites. Dizia que para eu aguentar a vigília tinha que estar com o "bucho" cheio. Toda a senzala passou a me chamar de cão de guarda, o apelido não doía, o que doía mesmo era a incompreensão da dor passada pela Sinhá. Aliada a falta de consideração por uma mulher que sempre nos fora tão caridosa, e se Sinhá não fizera mais para nos ajudar era por pura falta de possibilidade.

Um dia chovia copiosamente e eu estava de pé do lado de fora para não me molhar, quando a porta se abriu e Rosa pediu que eu entrasse, pois precisava conversar comigo.

Disse que sabia das noites passadas do lado de fora, e que não queria mais me ver dormindo daquele jeito. Tentou me demover da ideia mandando passar a dormir no casebre.

Disse-lhe que esta seria a única ordem sua em que eu nunca acataria e que se ela quisesse me mandar surrar por desobediência ela podia, pois estava no direito dela. Entretanto somente morto eu deixaria de estar ali, já que o que era devido por nós escravos era muito maior que este pequeno sacrifício, e que Sinhá necessitava de uma companhia à noite. Pois se algo lhe acontecesse eu não me perdoaria jamais.

Rosa, vendo minha firme resolução, sorriu e disse que não havia necessidade de uma surra. Mas, no entanto, eu teria que dormir dentro da capela.

O que passei a fazer de bom grado, mas sempre encostado à porta. Rosa começava as suas preces primeiro acendendo uma vela e depois começava a desfiar o rosário.

Quando a vela estava acabando, acendia outra e assim se ia passando as noites.

Sinhazinha me procurava no jardim para que eu contasse sobre sua mãe, e cada dia mais se preocupava que a mesma estivesse ficando senil. Por estar sempre ao lado de sua mãe velando-a, passou a me chamar de anjo negro sempre que estávamos a sós.

Após um ano da morte do Sinhô, Sinhá Rosa quis ir ao cemitério para visitar o túmulo do marido, e ao entrar na carruagem, pediu que eu fosse junto. Subi na traseira da mesma e o cocheiro partiu.

Lá chegando, Sinhá Rosa desceu entrando no mesmo, e me mandou limpar o mausoléu da família, pois lá estavam enterrados os seus dois amores. Apesar da proibição, devido a posição social de Sinhá, a administração do cemitério abriu uma exceção. E assim este pobre escravo negro pode cuidar dos dois maiores amores de Sinhá Rosa.

Chorando, pediu aos céus que a levassem logo já que a saudade a estava matando.

Comovido, deixei minhas lágrimas caírem quentes e silenciosas pela minha face. A dor de Rosa era muito maior que a minha, pois apesar de ter perdido minha família, sabia que eles estavam vivos, e ainda tinha esperanças de vê-los. Já ela não tinha nenhuma esperança, somente sua fé podia consola-la. E sua fé residia no fato de que todos estariam reunidos ao lado do Senhor novamente. A situação me fez pensar onde estaria minha esposa e filhos. Será que eles estavam vivos? Ainda lembrava-se de mim? E se estivessem mortos, será que tiveram um enterro digno? É provável que não, pois negro era considerado um animal de trabalho, vivo valia muito, morto só servia de adubo. Não era toda a Fazenda que separava um pedaço para fazer um cemitério para negro, felizmente a Fazenda Estrela era diferente e eu sabia que teria meu enterro merecido quando partisse.

Veio à época das chuvas, e Sinhá sempre naquela faina, de ir à capela ao anoitecer e de lá sair ao alvorecer. Um dia perguntei o porquê e obtive a seguinte resposta:

- Me acalma o espírito, apaga esta tormenta que se tornou meu interior, e quem sabe eu não receba uma resposta dos céus sobre esta dor, sobre a finalidade de todo este sofrimento que assolou minha vida?

Um dia chovia copiosamente e eu tentando demover Sinhá da ideia de ficar toda molhada dentro da capela, e ela nada de escutar, tentei de tudo. Pedi que fosse para a casa grande, e assim que a chuva parasse, eu a chamaria de volta. Mas nada. Nada a convenceu. Decidira ficar ali e pronto! Solicitei Maria que chamasse Sinhazinha e nem mesmo ela conseguiu retirar a mãe da capela, e nem que trocasse de roupa, pois ficaria rezando de luto. Que era apropriado. Como resultado, Sinhá ficou toda a noite com a roupa molhada. No dia seguinte estava rouca e gripada, e a sua situação só piorou com o passar dos dias.

Veio o médico e o mesmo receitou remédios, mas disse que Sinhá perdera a vontade de viver, que já vira casos em que o paciente conseguia melhorar, mas com uma apatia daquelas, a cura era difícil.

Sinhá foi definhando a olhos vistos e nada do que foi feito adiantou. Os dias passando e ela piorando, até que pediu pelo Padre e quando o mesmo chegou foi feito a sua confissão. Após o Padre sair, pediu para falar com Sinhazinha a sós, depois com Maria e finalmente comigo.

Agradeceu-me pelo zelo e dedicação a ela, disse que de onde estivesse sempre zelaria por mim e procuraria me guiar os passos. Pediu perdão por tudo o que não pôde fazer para nos ajudar. Que sempre acreditou na igualdade dos homens e que chegaria o dia em que isso viraria fato.

Após isso, começou a delirar chamando pelo nome de seu marido e filho. Logo disse que via sua querida mãezinha na cabeceira da cama, que a estava esperando. Aproveitei para abrir a porta por onde todos entraram. Inclusive os escravos da casa. Quando Sinhá partiu, houve comoção geral. Nós chorávamos e eu era um dos mais desolados, pois sabia que perdera uma amiga e protetora, uma alma nobre acabara de partir, deixando a todos os escravizados sem amparo.

Os dias se passavam pachorrentos, para mim faltava viço e brilho, ao colocar as flores no aparador, me pegava olhando para a escada, na espera de vê-la descendo com seu sorriso radiante. Antes que o leitor imagine que eu me apaixonara pela Sinhá Rosa, cabe esclarecer que o sentimento era da mais pura gratidão, era uma admiração enorme sentida por mim, tal qual um filho sente pela mãe, era um misto de querer bem com endeusamento, pois eu conseguira ver seu interior. Era o interior de um anjo, de uma alma pura e bela. Nunca conseguira entender por que precisou sofrer tanto. Desde um parto difícil, onde quase perdera a vida, o fato de nunca mais poder procriar, a dor de uma mãe pela perda de seu rebento, a dor de mulher por perder seu amado, e a dor do sofrimento da partida, consumida pela doença, definhando e morrendo aos poucos, lutando para conseguir uma lufada de ar, até que se engasgar e fenecer.

Mas Deus é sábio e nos dá somente o que necessitamos para o nosso engrandecimento e evolução. O que nós sofremos e passamos é resultado de nossos atos e atitudes, como bem descobriria muito tempo depois.

O SOL SEMPRE BRILHA

Não há mal para sempre eterno, nem bem que para sempre dure! Dias difíceis aqueles, mas as coisas devagar foram entrando nos eixos. A Fazenda prosperava a olhos vistos. O Sinhô Roberto, agora dono junto com Sinhá Rosinha, estavam radiantes, pois Sinhazinha engravidou. Nada como um pouco de luz para dissipar as trevas que se avolumaram na casa grande.

Sinhá Rosinha engordava a barriga e nunca vi casal mais feliz, nem na época de sua finada mãe. Todos os dias após o almoço, Sinhô Roberto e Sinhazinha saíam para passear no pomar, no estábulo, ou iam à capela. E os dias transcorriam tranquilos e felizes até a tão esperada hora do parto. Sinhazinha pediu para que a parteira fosse Maria que tinha trazido ela e seu irmão ao mundo, e não conhecia ninguém mais competente para isso. Sinhô concordou, o parto transcorreu sem sobressaltos e após algumas horas um choro pôde ser ouvido pela casa. Era o seu novo rebento que surgia avisando ao mundo a sua chegada.

Era um menino, o varão da família, as pessoas que estavam esperando na sala de estar ganharam um charuto e licores foram distribuídos a todos, quanto a nós, ganhamos o dia de folga.

Foi o último rebento que Maria trouxe ao mundo. Dias depois a querida amiga dormiu para não acordar mais.

Pobre de mim, todos os que eu amava nesta terra se foram, somente me restando a Sinhazinha. Como de costume, enterramos Maria no nosso cemitério, ao lado de seu velho amigo José. Para, quem sabe, prosearem por toda eternidade. E após o enterro, vida que segue. Todos de volta ao trabalho.

Um ano depois Sinhazinha teve seu segundo filho, outro menino, e dava gosto de ver a bela mãe que se tornara. Possuía o que sua mãe tinha de melhor, mas sem a liberalidade, possuía o dom educar do seu pai. Não tinha medo de corrigi-los e educá-los no caminho correto, Sinhazinha ainda teve mais dois filhos.

Os anos foram se passando e este negro já não possuía a agilidade de antigamente. A visão começara a faltar, demorava mais para fazer o mesmo trabalho. Sinhazinha, notando que a idade pesava nos meus ossos, mandou que escolhesse dois rapazes novos para me ajudar, e que a partir dali eu somente ia ordenar e coordenar e fiscalizar os trabalhos no jardim.

Um domingo, estando eu sentado na soleira do casebre, vi Sinhazinha descendo o caminho em direção à senzala. No começo fiquei curioso e quando vi que ela passava pela frente da mesma e vinha em minha direção, aí mesmo é que a curiosidade aumentou. Fiquei pensando no que ela queria com este negro, provavelmente era um trabalho que não podia esperar até amanhã.

Assim que chegou foi logo falando que a travessia do riacho devia ser um inconveniente pelas manhãs, especialmente as manhãs frias, e que no dia seguinte mandaria um escravo construir uma pinguela para a travessia. Pego de surpresa, balbuciei algo em concordância.

Depois de dito isto, ela perguntou se eu não ia convidá-la para entrar, disse-lhe que não ficaria bem uma dama como ela num local tão pobre. Sem se fazer de rogada, entrou e sentou-se na única cadeira da casa.

Após algum tempo em silêncio, Sinhá começou a falar de sua infância, de como eu a salvara; dos momentos que passei dormindo na porta da capela velando por sua mãe; de como sempre ajudara os mais necessitados e sofridos; que nunca me recusara a prestar socorro a quem quer que fosse; que chegara a ter ciúmes de mim com sua mãe, pois parecia que ela gostava mais de mim do que dela, no entanto, com o passar do tempo entendera que o sentimento nutrido por nós era de uma amizade que transcendia o tempo e a razão, amizade que ultrapassava mesmo o preconceito de cor.

E era isso que ela admirava em mim, mesmo sabendo da amizade de sua mãe, eu nunca aproveitara, estava sempre solícito e sabia me colocar no meu lugar.

Disse eu à Sinhazinha que desde que fui tirado de minha África só conhecera dor e desgosto, e as únicas pessoas que foram boas para mim era o José, a Maria e sua falecida mãe. Contei de minha angústia em nunca poder ver minha esposa e filhos; da dor de ser surrado; da dor de ser constantemente humilhado. E que a única pessoa decente que me tratara com humanidade fora sua mãe. Fora Sinhá Rosa que convencera o Sinhô a me fazer jardineiro; fora sua mãe que arrumara um jeito d'eu ficar com a casa, claro com a ajuda de José e Maria; fora sua mãe que fizera melhorias na senzala, amenizando a dor e levando um pouco de conforto dos que ali viviam.

Arrematei dizendo:

- Depois de ver e sentir tudo isso, fiz uma promessa aos céus. Prometi que nunca permitiria que nada de ruim a atingisse, infelizmente os fatos que se desenrolaram estavam além de minha capacidade, mas sempre estive perto dela, para amparar e ajudar, ou simplesmente como companhia. Eu devia isso a ela, ela merecia muito mais do que fora feito por mim.

Sinhazinha, com lágrimas nos olhos, e por impulso, deu um beijo em minha face. E após isso, retirou algo de seu vestido e estendendo a mão, disse que era o último desejo de sua mãe. Que durante a sua estadia no quarto, Sinhá Rosa contara de minha abnegação em favor de Maria. Que graças a mim ela fora alforriada e por isso não me restara mais nada. Portanto seu último pedido seria a minha alforria.

Recebi o papel sem palavras, aquela nobre mulher continuava a me surpreender mesmo depois de morta. A sua bondade não tinha limites e nem fronteiras, mesmo falecida ainda praticava o bem. Sentindo as lágrimas rolarem por minhas faces negras, abri o canudo e Sinhá entendendo o meu dilema me tomou o papel e começou a ler:

-"Eu, Roberto e Minha esposa Rosa, reais e verdadeiros donos da Fazenda Estrela e tudo o mais dentro dela. Faço saber ha quantos desta virem, que o escravo denominado Joaquim a partir desta data será declarado livre. Faço tal concessão em virtude dos bons serviços prestados pelo negro a esta família; por ser último desejo de minha Sogra e mãe; e por ser um negro temente a Deus".

A carta vinha com o selo da família e se encontrava chancelada e registrada em cartório.

Sinhazinha me explicou que para evitar problemas futuros havia uma cópia em cartório e que se eu desejasse podia ir embora, mas que caso continuasse na Fazenda teria um salário e podia continuar morando no casebre.

Agradeci esfuziantemente, disse-lhe que estava muito velho para sair dali, que provavelmente minha mulher e filhos já estariam mortos, que além de estar muito velho para a travessia até a África, não sobrara ninguém de minha tribo vivo para que eu pudesse voltar, portanto, se ela não se importasse, eu gostaria de morrer ali, naquela terra em que tinha depositado meu sangue e suor.

Rosinha sorriu e disse que nada lhe daria maior alegria, e como as surpresas não terminaram para mim, vi que do lado de fora, dois negros estavam parados com uma cama nova. Com um olhar indaguei Sinhazinha, ela, após os mandar entrar, disse que era um presente. Era sua antiga cama de solteira, não servira mais para ela, nem para seus meninos por que ainda eram muito pequenos para a usarem. Agradeci e lhe disse sobre o quanto se parecia em bondade e beleza com sua mãe, e Deus lhe pagaria por todo bem feito.

Sinhá se despediu dizendo que tinha de alimentar as crianças. Após isso, a animosidade crescera entre mim e os escravos. Cada dia era mais insuportável do que o outro, e não adiantava explicar que os frutos agora colhidos por mim eram resultado do bem que fora semeado. Era como se diz o ditado: "A semeadura é livre; a colheita obrigatória". O resultado do bem e da caridade feito no passado não podia ser outro que este, que o bem feito desinteressadamente rendia frutos e que nós deveríamos nos resignar e procurar ajudar-nos, ao invés de ficarmos com inveja ou entregando este ou aquele para o capataz visando uma posição melhor. Tudo que conseguira fora por ajudar meu semelhante desinteressadamente, e sem ver a cor, credo ou raça.

Bastava alguém precisar e lá estava eu. Por isso, no final de minha vida, Deus me recompensara. Conseguira vencer os obstáculos impostos a minha pessoa sem perder a minha humanidade e que aprendera a perdoar.

Mas de nada adiantava, o riso e o escárnio me acompanhavam, por isso tornei-me uma pessoa solitária, passava os domingos na minha casinha, pitando, entalhando algo, conversando com os pássaros, pescando no rio, arrumando coisas para fazer. E nos dias de semana, dava o serviço aos meus ajudantes e fiscalizava, almoçava e sempre trazia algo para jantar. Assim os anos se passaram solitários e tristes até que um dia acordei estranho, sem sentir minhas pernas, tentei caminhar, mas despenquei ao solo. Arrastando-me voltei para a cama. Por volta do meio-dia, uma das negras da cozinha apareceu na porta dizendo que a Sinhá a mandara ali para ver o porquê eu não aparecera, e vendo o meu estado, perguntou o que se passava. Expliquei que não estava sentindo as pernas. Que por isso não conseguira andar. Ela saiu, voltando logo depois com almoço e disse que Sinhá a mandara me ajudar no que fosse necessário.

Disse que não carecia. Que logo eu estaria bom de novo, que era uma reinação das pernas somente. A moça ajudou-me a sentar, me esperou comer para depois ir embora.

Mas o caso era mais grave que eu pensava. A situação não melhorou e aos poucos fui perdendo as forças de meu corpo. Até que acabei inerte na cama, precisando de ajuda para todo e qualquer ato antes simples.

Sinhá Rosinha mandara que uma negra da cozinha viesse sempre no almoço e outra no jantar, que nada me faltasse. E o que fosse necessário pedisse a ela.

Até que um dia Sinhazinha apareceu à porta, e me vendo barbudo e sujo, com vários dias sem tomar banho ou trocar a roupa do corpo, passou um pito na escrava que ali estava. Determinando como castigo, que ela me banhasse todos os dias e que a partir dali seria a responsável pelo meu bem estar.

De nada adiantou dizer que não carecia. A Sinhá foi irredutível. Esta era a pena e teria que ser cumprida. Após isso saiu, falando que retornaria mais tarde e gostaria de ver

Joaquim limpo, de roupa trocada e barbeado. A casa limpa e arejada.

Meu tormento começou tão logo Sinhá saiu. A escrava descontente com o castigo dado. Culpou-me por tudo e de nada adiantou eu tentar lhe mostrar que era somente pelos seus atos. Apanhei na cara, tomei beliscões, soco e chutes, além do xingamento. Vi que ela cuspiu na minha comida e me obrigou a comer, cada vez que ela colocava a comida na boca e eu cuspia, levava tapa no rosto, até que acabei comendo e deitei-me cansado.

O SUMIÇO DO NEGRO

A Visão começara me faltar. O pouco da força que possuía se esvaía aos poucos. Para piorara minha situação; os dias começaram a esfriar, a escrava destacada para me auxiliar nas refeições e na minha higiene pessoal aparecia todos os dias com o almoço. E tão logo o colocava na minha frente começava a sessão de escárnio e xingamentos. Palavras duras saídas de um coração duro. Às vezes depois que ela se retirava, eu orava a Deus perguntando o que fizera naquela vida para merecer tanto sofrimento, tanta aflição.

Fui escravizado, retirado de minha tribo e meu país, levado para um local onde o sofrimento e a tortura eram companheiros inseparáveis da minha gente. Logo eu que mesmo escravizado e rebaixado ao mais insignificante dos vermes. Sempre ajudei quem necessitava. Fosse com minhas beberagens; meus unguentos ou com meu apoio nas horas negras. E quando mais precisava de uma alma caridosa, aparecia uma pessoa com a índole tão má. Apanhar eu apanhava todos os dias, sem motivo nenhum, higiene pessoal somente quando Sinhazinha avisava que viria me visitar, e eu por medo nunca lhe contei do sofrimento. Pois sabia que se contasse a vingança viria de forma cruel.

As visitas de Sinhazinha eram raras e escassas, e quando aconteciam me alegravam o dia. Passava-os deitado olhando para o teto, e quando me virava via um pedaço do meu quintal pela porta. Até que num dia de chuva a escrava veio trazer meu almoço como de costume e chegou toda enlameada e molhada.

Como castigo dado por ela fui colocado junto com a cama debaixo de uma goteira e enquanto ela ficou ali a cama se molhou toda. Passei o dia todo e os próximos deitado num pedacinho que não molhara. Enquanto esperava ela secar. Mas o cheiro de mofo impregnava minhas narinas. Uma vez perguntei por que me tratara assim já que eu era negro e escravo igual a ela, e sempre tive piedade dos mais necessitados ou menos afortunados, sempre procurei ajudar. Rindo, respondeu que nunca gostara de mim, e nutria um ódio secreto pela minha pessoa. Pois sempre fora o preferido de Sinhá, quando viva e de Sinhazinha. Respondi que se havia preterição era porque eu fizera por merecer, através de meus atos. Por ajudar sempre meu semelhante quando precisava; por estar sempre disponível e presente nos momentos difíceis da família. Com tapa no meu rosto, ela encerrou a conversa. Retirou a comida que eu ainda não acabara de comer, me chamou de negro trouxa e saiu rindo.

No sábado, a escrava veio com um pedaço de sabão e trapos novos para me vestir, disse que Sinhazinha viria me visitar e eu deveria estar limpo.

Colocou-me deitado no chão e atirou um balde de água no corpo, mandando me esfregar ali mesmo. Devido a minha parcial imobilidade, levei um tempo que parecia uma eternidade para esfregar. E ela aproveitou-se para humilhar-me mais um pouco. Bateu nas minhas costas encarquilhadas pelo tempo e pelas chibatadas tomadas, repetindo a cada soco dado:

- "Mais rápido, negro mole! Anda seu saco de ossos!" E a cada palavra, um soco, um chute ou um beliscão.

Até que ela se deu por satisfeita e me atirou outro balde de água gelada para retirar o sabão do corpo.

Jogou um pano para me secar e rindo mandou que eu me virasse para deitar na cama, senão dormiria ali mesmo. O

159

domingo chegou, e eu acordara cedo, como de costume. A negra logo chegaria com o meu café. Neste dia ela estava calma, tranquila até. Não apanhei como de costume, pois ela tinha medo de Sinhazinha aparecer a qualquer momento e ver a surra. Escutei o sino tocando, chamando os escravos para a missa, nesta hora eu aproveitava para ficar em silêncio e rezar uma oração. E meditava até o final da mesma. Ao término da missa, Sinhazinha apareceu e trouxe de presente fumo para o meu cachimbo.

A Sinhazinha iluminava os meus tristes e solitários dias, quando ela ia embora sentia um aperto no coração. Mas ficava rememorando a sua passagem. Puxara a mãe, onde andava iluminava a todos com sua áurea. No entanto, Sinhá Rosa possuía mais garbo e imponência. Parecia uma princesa nos seus modos e trejeitos. Era lindo de ver.

Neste dia pedi a Sinhazinha que colocasse o crucifixo, que estava pregado na parede à cabeceira da cama, na parede de frente à mesma, para que eu pudesse ver o Salvador nos meus momentos de solidão, e pensando, arrematei:

- E nos momentos em que eu estiver apanhando, pois certamente o Cristo sofreu muito mais que eu, e aguentou resignadamente para nos salvar. Então o que era todo o meu sofrimento em comparação ao dele? NADA!

O inverno veio e com ele uma tosse chata me incomodando diuturnamente. E a negra disse na minha cara:

- Finalmente tu vais morrer, já não era sem tempo, mas tu és ruim mesmo! Nem para morrer presta, só assim eu poderei ver-me livre de você, negro fedido! ANDA SUA PESTE! MORRE LOGO! SEU NEGRO DOS DIABOS! Disse-me aos gritos.

Após sua saída, me arrastei pelo chão da casa até um dos vidros que ficavam na prateleira pregada à parede. Subi, me agarrando como podia nas madeiras e tomei uma beberagem preparada por mim há tempos e assim foi durante vários dias e ela sem entender como eu podia estar melhorando daquele jeito.

Já fazia meses desde a última visita de Sinhazinha e por isso eu estava imundo, fedendo feito um porco, a minha aparência devia ser horrível, pois era assim que eu sentia-me. Como não tinha ninguém para levar os meus dejetos para fora e eu não tinha como me locomover para outro lugar, os fazia no canto mais afastado da casa. A casa fedia igual a mim.

Após chover uma chuva copiosa durante dois dias, o tempo deu uma estiagem, o que foi aproveitado pela negra para aparecer com minha comida. E rindo, perguntou se eu estava com fome. Disse-lhe que apesar de comer pouco eu estava sim, pois dois dias sem comida são dois dias sem comida. E debochando falou que jamais iria se molhar de novo para me trazer comida, já não bastava ela sair caminhando naquele lamaçal todo?

Logo que ela foi embora, uma ideia tomou forma em minha mente: eu iria me arrastando até o rio, e uma vez lá chegando me lavaria. Traria comigo um pano molhado e na medida do possível tiraria o barro que grudasse no meu corpo ao voltar. Pelo menos eu iria feder menos e me sentiria gente de novo.

Assim pensado, assim executado. Fui arrastando minhas pernas caminho abaixo até o riacho, e uma vez chegando notei que devido às fortes chuvas dos dias passados o volume de água aumentara muito. Mas não me fiz de rogado, cheguei até à beira e comecei a molhar o pano para me lavar. Mas por um erro de cálculo, minha perna esquerda pegou na água e a correnteza me puxou para dentro da mesma. Ainda me agarrei a uma raiz à margem, mas fraco como estava, logo me cansei e fui tragado pelo rio. Senti meu corpo envolto num turbilhão; tentei respirar, mas só engoli água. Não sabia onde era em cima ou em baixo. Meus braços e tórax batiam em pedras e eu só pensava: "Meu Deus, me proteja!" e com este pensamento ainda ecoando em minha mente, bati com a cabeça em uma pedra e desmaiei.

No dia seguinte, quase à mesma hora, a cozinheira apareceu com a comida. Como não me achou, correu para contar a Sinhazinha do meu sumiço. O caso se tornou um mistério. Logo o boato começou a rondar a Fazenda que a casa era mal-assombrada, que a mula sem cabeça aparecera e me levara e nas noites de lua cheia os desavisados que estivessem sozinhos na mata podiam se deparar comigo nas costas dela.

Bom, e com isso a casa do rio nunca mais foi ocupada. Se deteriorando até cair de podre ao solo.

CARLOS DONATO

OS FANTASMAS SE DIVERTEM

Despertei de um sono profundo, e ainda podia sentir em meu corpo as dores das pancadas dadas nas pedras. Meio atordoado, com mente ainda enevoada, pensei o que fazia ali, pois já me dava como morto, quem me salvara? E por que ainda estava deitado no chão de meu casebre? Sem pensar direito, me arrastei até a cama, lá deitando e dormindo de novo.

Acordei como de costume antes do sol nascer e para o meu espanto havia em minha volta um bando de pessoas que nunca conhecera. Nunca os vira antes. Quem eram estas pessoas? O que queriam comigo? Até que alguém berrou:

- João, o negro acordou! E logo após uma voz que não me era estranha soou lá do fundo do casebre:

- Que bom, já podemos começar a sessão diária.

Gelei! Não era possível! Aquela voz eu nunca mais escutara, mas o timbre nunca saíra de minha mente. Não podia ser ele, ele estava morto! Eu mesmo cuidara disso. Naquele dia fatídico em que atirei a cobra e a mesma lhe mordera.

Rindo, João abriu caminho por entre o bando e chegando bem perto de meus olhos falou:

- Espantado? Sou eu mesmo, seu negro fujão. Espero-te aqui há muito tempo! E rindo, se virou para os presentes:

-Vê! Vê a cara de assustado deste escravo desgraçado! Aposto que não está entendendo nada! Pois vou te explicar, seu preto amaldiçoado, VOCÊ ESTÁ MORTO! MORTO, ENTENDEU? E eu estou esperando desde aquele dia para me vingar de você e o que tu fizeste comigo. Lembra-te do que disseste quando eu estava moribundo? Eu lembro e espero desde aquele dia a sua chegada. Do lado de cá nada fica escondido, tudo vem à tona. Eu acompanhei sua vida sempre espreitando e esperando. Até que meu dia chegou, e com ela a minha vingança! Para meu deleite, virei todos os dias te surrar, sempre na mesma hora. Até que a dor da espera seja pior que a surra. E juntando o ato às palavras, começou a me bater. Enquanto eu apanhava de João, os seus lacaios riam. Assim que se cansou, João passou o látego para as mãos do seu auxiliar, que bateu mais um pouco.

Logo, a uma ordem do seu mestre, todos se reuniram e correram para fora da porta, não sem antes o capataz me prometer outra visita no dia seguinte.

E assim prometido, assim cumprido, veio o amanhecer e ao acordar reparei que meu corpo se regenerara completamente, as chagas abertas no dia anterior se fecharam e a pele se reconstituíra. Tal como prometeu, com seu eterno tormento, assim me encontrava; apanhava de dia para regenerar-me à noite, tornando a apanhar de dia, num ciclo sem fim. As surras se sucediam, apanhava das mais diversas formas: Um dia era permitido que todos me batessem com as mãos, até o meu desfalecimento; em outro somente João. Um dia a sessão durava mais; em outro menos. Mas sempre apanhava ao amanhecer, e tinha dias que eu já não dormia, ficava desesperado esperando a hora da surra. Comecei a desejar que esta hora chegasse logo, porque assim após a surra eu desmaiaria como sempre. Deslizando para o desconhecido e um mundo onde não existia a dor nem a humilhação.

Até que de certa feita, durante uma das inúmeras surras diárias, o "ajudante" do João aparecera depois de iniciada à sessão e falou para o capataz:

- João! Acabei de procurar e não encontrei o escravo. Acho que ele foi embora com aquela turma de branco!

Foi à única vez que vi João perder a compostura e dando uma tapa no auxiliar comentou:

- Como? Como? Mais um? Como você deixou isso acontecer? Seu idiota. Acabe de surrar este negro que eu mesmo vou lá ver.

Depois que a turba foi embora, fiz um esforço enorme para não desmaiar de dor, mas não consegui. No entanto meu último pensamente era:

- "Mas como? Então alguém conseguiu escapar deste suplício? Pena que eu sou um velho inválido e não consigo correr. A mim resta somente continuar neste sofrimento, nunca imaginei que após a morte continuaria a sofrer pela mão de meu antigo algoz".

Tinha receio de acordar e abrir os olhos, Pois eles estariam me esperando como sempre. A surra viria como sempre e eu, atormentado do jeito que estava; não via que a solução estava em minha frente, bem próximo mesmo. No meu mundo de tormento e dor não cabia espaço para mais nada, a não ser autocomiseração e piedade.

As dores infligidas não eram maiores que a dor da espera, os sofrimentos eram inenarráveis, perdi a noção do tempo desde a minha partida. Os dias nada significavam, as noites eram de puro terror. Da senzala vinham gritos e gemidos de dor e desespero. Um dia um deles perguntou ao João por que não me levavam para junto dos outros na senzala, pois assim ficaria mais fácil de surrar todos ao mesmo tempo. João dando uma tapa no seu sequaz, disse que não. Eu era especial, sofreria mais que os outros. Sofreria com as surras e pela solidão. E merecia isso e muito mais pelo que fizera a ele, por ser o responsável por sua morte.

Um dia eles estavam mais violentos que normalmente eram e durante a surra, Fui atirado ao chão com força. Após terminarem, o capataz deixou-me ali, meio inerte, sem forças até para me mexer. Lembro que desmaiei, acordei com o dia pela metade, as costas empapadas de sangue sobre o piso, a roupa reduzida a frangalhos pela chibata, o rosto deformado pelos inúmeros socos e pontapés. Neste momento chorei de puro desespero, uma dor nunca sentida por mim; Nem quando me transformei em escravo e vi minha vida mudar para pior. O desespero tomara conta de minha alma, de todo meu ser. Neste momento vi na parede em frente o crucifixo com o Cristo como a me fitar, a dizer-me:

- "Filho, vem! Eu sou a salvação do mundo, ninguém vai ao Pai se não for por meu intermédio, vem e repousa em meus ombros o teu sofrimento.".

Tal visão aumentou o meu pranto, o choro corria copiosamente e eu no auge de meu desespero, fiz a seguinte oração: "Cristo, tu que fores injustiçado, sofreu na cruz a dor da morte, acudi-me! Seu filho implora. Não aguento mais sofrer, sentir tanta dor, eu já perdi todas as esperanças, acuda um velho sem forças, ajudai-me e intercedei junto ao Pai pelo meu perdão!"

Dito isso, um clarão se apossou do recinto, me cegando temporariamente, e ao recobrar a visão pude ver ao meu lado a minha amiga Maria sorrindo, e ao seu lado a minha querida Sinhá Rosa. Que estendeu a mão para o meu peito dizendo:

- Durma meu querido amigo, o teu sofrimento terminou. Agora tudo ficará bem.

Uma sensação enorme de paz se apoderou de meu interior e enquanto eu corria para os braços do Morpheus, ainda pude ouvir:

- "Vamos! Deus seja louvado! Salvamos mais um irmão hoje!"

Acordei depois de não sei quanto tempo, e ao meu lado se encontrava Sinhá Rosa, com seu sorriso costumeiro e uma aura a irradiar de seu corpo. Dormi, acordei de novo e ela ali estava. Lembro que a primeira coisa que falei foi:

- Como vocês chegaram naquele lugar de miséria e dor?

Rosa respondeu-me:

- Querido irmão, na realidade nós sempre estivemos ao seu lado.

Retrucando disse:

- Mas eu nunca vi vocês.

- Meu amigo, o fato de você não nos ver não quer dizer que nós não estivamos presente. Mas só poderíamos aparecer no momento certo, e quando você pediu ajuda ao Cristo, do fundo do seu coração, abriu-se a porta pela qual nós pudemos entrar e te retirar daquele antro de maldades.

É como se fala:

- "Quem não vem pelo amor, vem pela dor!"

E infelizmente este foi o seu caso. Mas repousas, tudo mais lhe será esclarecido com o tempo!.

A melhora veio, e junto com ela minha liberação do hospital. Rosa visitou-me ainda algumas vezes e eu ficava feliz com sua presença. Maria estava sempre comigo, me ajudando a entender aquele mundo tão diferente do que conhecia. Um mundo onde o amor; a caridade e a bondade desinteressada valiam muito mais do que qualquer tesouro no mundo. Todos eram cordiais e amigos, mas Rosa um dia me falou que não mais me veria. Tinha algo importante a ser feito, e esta seria a sua última visita.

Lamentei pela falta que ia sentir de tão dileta amiga. No entanto já aprendera o suficiente para saber que nada é para sempre e que um dia nós nos veríamos. Enquanto isso eu estudaria e aprenderia o que pudesse para fazer jus à confiança depositada.

E assim termina a história de Joaquim. Espírito nascido livre, mas que pelas leis do Pai Eterno, sofreu de merecidos padecimentos; de dor e solidão. Visando o engrandecimento e evolução.

Joaquim, uma vez que entendera os princípios regentes da evolução espiritual humana, encarnou duas outras vezes para terminar os resgates iniciados nesta aventura. E por livre escolha resolvera voltar para ajudar o seu outrora algoz João.

Ele descobriu que não existe nada mais benéfico do que o perdão incondicional, só o perdão nos liberta das vicissitudes do mundo.

www.ingramcontent.com/pod-product-compliance
Lightning Source LLC
Chambersburg PA
CBHW020252130626
46549CB00005B/2187